焚香清坐
读唐诗

U0146809

杨蓉

著

INTENSIVE
READING
OF
TANG
POETRY

新世界出版社
NEW WORLD PRESS

图书在版编目（CIP）数据

焚香清坐读唐诗 / 杨蓉著. -- 北京：新世界出版社，2023.10

ISBN 978-7-5104-7667-9

Ⅰ.①焚… Ⅱ.①杨… Ⅲ.①唐诗－诗歌欣赏－青少年读物 Ⅳ.①I207.227.42-49

中国国家版本馆CIP数据核字(2023)第105897号

焚香清坐读唐诗

作　　者：杨　蓉
责任编辑：刘　颖
责任校对：宣　慧　张杰楠
责任印制：王宝根
出版发行：新世界出版社
网　　址：http://www.nwp.com.cn
社　　址：北京西城区百万庄大街24号（100037）
发 行 部：（010）6899 5968（电话）　　（010）6899 0635（电话）
总 编 室：（010）6899 5424（电话）　　（010）6832 6679（传真）
版 权 部：+8610 6899 6306（电话）　　nwpcd@sina.com（电邮）
印　　刷：天津旭非印刷有限公司
经　　销：新华书店
开　　本：880mm×1230mm　1/32　尺寸：145mm×210mm
字　　数：180千字　　　　印张：8.5
版　　次：2023年10月第1版　2023年10月第1次印刷
书　　号：ISBN 978-7-5104-7667-9
定　　价：46.00元

目录

咏怀篇

言情篇

书事篇一

登幽州台歌

陈子昂

前不见古人，后不见来者。
念天地之悠悠，独怆然而涕下。

武则天万岁通天元年（六九六），契丹人进犯，武则天派侄子武攸宜率军征讨，陈子昂自请随征，参谋军事。武攸宜是个裙带官僚，既无谋略，遇事又草率，与敌没交几下手，就败下阵来。陈子昂数次献策，屡不被纳，反遭贬斥，其报国之心甚炙，却郁郁不得重用。某日，他步出驻军地的蓟门，登上古燕都遗址的幽州台，思及古燕昭王"卑身厚币"礼贤下士之史，念及自身怀才不遇、志不得酬之境，慷慨写下这首《登幽州台歌》。

"古人""来者"大概是指古明君、古贤臣，或者也是指与他心志、遭遇相同并可视为知己者。前一个"不见"是惋惜，是未能遇到之意；后一个"不见"是慨叹，是不能等到之意。一"前"一"后"两个"不见"交替言来，诗人心中的落寞与悲凉乍现。"念"是所见，也是所想。所见，是空间上的，是实的；所想，是时间上的，是虚的。这空间与时间重叠出的辽远与无望，又唯有"悠悠"二字可尽释。"独怆然而涕下"很耐琢磨。"独"，不必解，既有身的落寞，又有心的无助。"怆然"之中则有捶胸顿足的痛，又有牵肠挂肚的忧。痛的，是一己荣辱，是小情；忧的，则是家国兴亡，是大情。如此看，"怆然"一词方是此诗情感的涌点，而后的"涕下"不过是情感积郁至极的出口。

人的许多情感，一旦抵及涌点，怕唯有哭一哭方可排解。高兴是如此，失意也是如此。

《登幽州台歌》能从唐初"唱"到而今不是没有道理的，若一味照本宣科去理解，那便糟蹋了此诗。此诗好就好在诗意的张力上，正如"海上生明月，天涯共此时"并非只限于歌咏情人间的怀思，也可推此及彼到亲朋好友一样，亦如"但愿人长久，千里共婵娟"也并非只限于歌咏兄弟之情，也可推此及彼到眷属及知己一样，《登幽州台歌》于陈子昂来讲抒发的是失意之情，而于万千读者来讲，则可推此及彼至更广阔的思想与情感领域。比如说，有人读此诗捕捉到的是无奈，凄凄郁郁的无奈；有人读此诗捕捉到的是孤独，铺天盖地的孤独；有人读此诗感觉到的是茫然，对光阴流逝的茫然，对生死轮转的茫然；还有人读罢此诗，或许会顿悟，会觉得世事皆可放下与原谅。

陈子昂另有《感遇》云："本为贵公子，平生实爱才。感时思报国，拔剑起蒿莱。西驰丁零塞，北上单于台。登山见千里，怀古心悠哉。谁言未忘祸，磨灭成尘埃。"此诗亦可见诗人忧虑国事、登高怅叹的形象，或可作上诗的旁白。

黄鹤楼

崔颢

昔人已乘黄鹤去，此地空余黄鹤楼。

黄鹤一去不复返，白云千载空悠悠。

晴川历历汉阳树，芳草萋萋鹦鹉洲。

日暮乡关何处是，烟波江上使人愁。

黄鹤楼因仙人乘黄鹤过此小歇的传说得名。崔颢登上黄鹤楼，也不免想到这一传说，且发起一番神思：仙人已去，仙去楼空，光阴荏苒，尘事代谢，唯有楼头的白云来来去去。神思毕，放眼望去，天晴日暖的川上，隔岸碧树历历，江岛芳草浓郁。美景加上美丽的传说，一时把诗人给看呆了。待回神时，天色将暮，江上又起了雾，诗人不禁被那空蒙之境勾起了乡愁——远游日久，家在何方？由此可见，什么仙人、仙楼、川、树、洲、草……有时，任是千般美景都挡不住思乡之情。就是这种再普通不过的感情，崔颢自自然然铺展开来，读来则叫人淡淡地感伤，淡淡地回味。乡愁能写到这个地步，很不得了。难怪后来连诗仙李白登楼看见崔颢的题诗也禁不住酸酸自语："眼前有景道不得，崔颢题诗在上头。"

《唐才子传》记载："（崔颢）少年为诗，意浮艳，多陷轻薄；晚节忽变常体，风骨凛然，鲍照、江淹，须有惭色。""行履稍劣，好蒲博、嗜酒、娶妻择美者，稍有不惬即弃之，凡易三四。"意思是说，他早期写的诗多轻薄，后来写的有风骨；他人很坏，爱喝酒，爱赌钱，爱美色。

崔颢有首七言诗《代闺人答轻薄少年》，讲述一个本期托身贵婿的女子却不意误嫁了薄情郎，她眼见郎在外花天酒地、走马斗鸡，自己只能独守空闺，自尝寂寞，自怀风情。这大约便是他"少年为诗"，诗中并无"风骨凛然"的意味。尾二联单摘出来倒很不错："桃李花开覆井栏，朱楼落日卷帘看。愁来欲奏相思曲，抱得秦筝不忍弹。"至于"风骨凛然"之作，大约是指《辽西作》《雁门胡人歌》《古游侠呈军中诸将》之类的边塞戎旅诗。

"少年为诗"也好，"风骨凛然"也罢，在崔颢所有的诗里大概还要数"日暮乡关何处是，烟波江上使人愁"最好，既切近生活，又体贴人情，且流畅自然不做作。

据说，崔颢从二十多岁离开家，在外游历了近二十多年，最后病卒异乡。

钱塘湖春行

白居易

孤山寺北贾亭西，水面初平云脚低。

几处早莺争暖树，谁家新燕啄春泥。

乱花渐欲迷人眼，浅草才能没马蹄。

最爱湖东行不足，绿杨阴里白沙堤。

　　白居易在杭州任刺史期间总爱去西湖游览，此诗记录的就是某次行程。诗的开篇很平静，也平淡，毫不做作或卖弄，用"孤山寺"与"贾亭"直接点题"钱塘湖"；用"水面初平"点"春行"之"春"。"春行"之"行"，则在之后的莺、燕、花、草中徐徐现出。尾联以抒情结束。整诗平易而流畅。然越是平易、流畅的诗，读起来就越易流于表面。读此诗，若只着意在景上，就差了；若只着意在行上，也不完全；二者之外，应更着意作者且行且见中流露出的那份快乐闲适的心情及对生活的热爱。

　　白居易在杭州时写了很多类此快乐闲适的诗，如《杭州望春》《春题湖上》《西湖晚归回望孤山寺赠诸客》等。他在杭州任上两年，政绩斐然，如疏浚古井以解决杭州人的饮水问题；如在西湖上修堤蓄水以利农田灌溉。一边驭马湖东行，一边又不乏作为，白居易把工作和生活分得很开，且做得得心应手，游刃有余。一个杭州刺史，也不是很大的官，白居易焉能做得如此开心畅意？说来话长。四十四岁前，白居易仕途走得很顺意。四十四岁时，因越职言事及其他一些原因，他被贬到了江州。贬官对他的打击很沉重。离京时，他心情非常落寞，在给友人的诗中说："秋日正萧条，驱车出蓬荜。回望青门道，目极心郁郁。"初到江州，他眼中所见也多似"树木凋疏山雨后，人家低湿水烟中"这般的"郁郁"之景，所写也多似"伤禽侧翅惊弓箭，老妇低颜事舅姑"这般的"郁郁"之句。古代为官者少有不遭贬谪的，有的人一遇贬谪就哭哭啼啼、一蹶不振，好似全天下都欠了他一样。白居易则不同，他初到江州时或许有些落寞与不适，但很快就做了自我调整，他在江州后来写的一些诗，如《舟行》《溢浦早冬》《大林寺桃花》等，其中透露出来的顺运及欣然接受当下一些不顺意而去转寻另一些适意的良好心态，就是这种调整的结果。人这一生，总是在不断打破自我与重塑自我中成长着。在贬谪中重塑价值观的唐宋文人中，白居易与苏轼最具代表性。如果说黄州对于苏轼来说是人生的转折，那么江州对于白居易亦是人生的转折；如果说黄州之后的苏轼渐渐变得豁达起来，那么江州之后的白居易则渐渐变得圆融起来。江州之后的白居易，变得越来越会活。比如这个外任的"杭州刺史"就是他感觉在朝中待得不顺意自请而来的。比如他笔下的《题浔阳楼》《宿简寂观》《咏意》这些诗及这首《钱塘湖春行》中所流露出的自适与快意就是最好例证。

有人说，生活就是在广袤的悲感上开出小小的欢愉。"开"，也需要智慧。白居易在这一点上便是智者。

另就诗中"几处早莺争暖树"而言，无论是句子的结构还是意境皆与杜甫"两个黄鹂鸣翠柳"颇似。不过不及杜甫的句子好，读着拗口且不说，"早莺"对"暖树"，皆言春暖，感觉意思有些重复，也略显牵强，敌不过"黄鹂"与"翠柳"，和谐且美。且"黄鹂""翠柳"经下句"白鹭""青天"一续，更是别具生机，各有天地。

石头城

刘禹锡

山围故国周遭在，潮打空城寂寞回。
淮水东边旧时月，夜深还过女墙来。

　　这首诗是刘禹锡《金陵五题》之一，另四题是《乌衣巷》
《台城》《生公讲堂》《江令宅》。据诗前小序讲，有人曾写过五
首歌咏这些古迹的诗，刘禹锡此五题算是和诗，且皆是怀古怅叹
之作。其中数《乌衣巷》与《石头城》最有名。《乌衣巷》所咏，
是六朝门阀士族的衰落；《石头城》所咏，是六朝盛世繁华的衰亡。

　　石头城又叫石首城，原是战国时期楚国的金陵邑，后东吴孙
权自京口（今镇江市）迁秣陵（今南京市），在金陵邑的旧址上建
起了石头城，后历六代，至隋废弃。此城依山而筑，前枕大江，
后倚钟岭。诗开笔所言"山围故国""潮打空城"便是写实句。
一实在"山围""潮打"；一实在"故国""空城"。"山围"既
有环绕意，又有威严态；"潮打"既有拍打的意思，又有拍打的
声势。如此，以"山围"的意态，对照都城的残败；以"潮打"

的声势，对照空城的死寂，两番对照间，一种荒凉沧桑之感便生出。末句"淮水东边旧时月，夜深还过女墙来"，则用月亮清辉永久且无声的照视，将这荒凉与沧桑推向更浓重处，令人读之倍生今昔盛衰之慨。

据考，此诗大约是刘禹锡任和州刺史时所作，也就是庆历四年（一〇四四）前后。彼时，从他个人来讲，已度过二十三年的贬谪生活中的二十一年；从大处来讲，唐帝国势已渐微，外有藩镇之乱不止，内则党争愈烈，年轻的穆宗一心求食丹药，不幸病卒，十几岁的小皇帝匆匆即位，整个国家正在由盛而衰的下坡路上……

据孙犁先生作文讲，有个叫孙念希的老师曾教他高中国文。这位念希先生是清朝举人，算个旧派人物，他给学生上课常用时事报纸及社论做讲义，还要求每个学生买一部《韩非子集解》作为国文课的教材。课上也很少讲解，多领着学生朗读。一边读，一边圈重点。等圈点完毕，课文也就算讲完了。有时圈点完一篇文章，若还有些时间，他就从讲坛上走下来，在课桌的行间来回踱步。有一次，"忽然，他两手用力把绸子长衫往后面一搂，突出大肚子，喊道'山围故国——周遭在啊，潮打空城——寂寞回啊'，声色俱厉，屋瓦为之动摇"。孙犁先生说："如果是现在，一定会引起学生的哄笑，那时师道尊严，我们只是默默地听着。有时也感到悲凉，因为国家正处在危险的境地（时处"九·一八"事变之后）。"

天下兴亡，匹夫有责。不知刘禹锡写这首诗时是否也像孙念希先生这般慷慨激昂？不知孙念希先生之后还有多少人或还有没有人这般慷慨激昂过？

赤壁

杜牧

折戟沉沙铁未销，自将磨洗认前朝。
东风不与周郎便，铜雀春深锁二乔。

此诗背景虽大，开篇切入点却很小，是一支从赤壁之战中遗存的铁戟。戟是古代的一种兵器，大体样子类似长枪，枪头直刃一侧另有月牙状弯刃，使用时，既可刺，又可钩。诗中之戟，是折戟，大约是断刃残片，且埋在泥沙中几百年而未锈烂。诗人捡到几片，经过一番磨洗，辨认出是赤壁之战的遗物，于是一边把玩，一边思及史事。大概会思及曹操一路挥军南下所向披靡的豪壮，思及刘备势单力薄无力抵抗只得南逃的狼狈，思及孙权收到曹操劝降书后权衡利弊的一番谋略。思想的最后落点，大约还是在那场战役鼓声震天与火光冲天的厮杀上。饶有兴趣的是，诗人睹物怀古，并未一味怀古，却由心生出一个大胆假设：遥想当初，周瑜的火攻战术倘若没有风力相助，恐怕结局就会不同，历史也将因此改变，即"三国鼎立"之势不成，曹操大概会一并灭了孙权、刘备，东吴的两位绝代佳人怕也要被他虏到铜雀台，四时笙歌，晨昏行乐去了。

赤壁之战，古人多有咏及，其诗大多了无新意。杜牧这诗倒颇有意味。这大概也是此诗广为流传的原因之一。细想去，"东风不与周郎便"一句看似设想，却又似有庆幸之意；"铜雀春深锁二乔"一句看是戏笔，好像又隐着担忧。所以，此诗从正面理解，是一番意味；从反面理解，又是一番意味。

杜牧出身大家，乃三朝宰相之孙，前半生有祖荫庇佑，过得安安乐乐，后半生家道渐衰，则稍显潦倒。其胸有大才，爱好也多，爱诗文，爱书法，爱研兵事，爱论古人长短得失。他的"东风不与周郎便，铜雀春深锁二乔"之思，未尝不是兴趣使然。杜牧写了很多咏史诗，大约都逃不出兴趣使然之故。另如"至竟息亡缘底事，可怜金谷坠楼人""江东子弟多才俊，卷土重来未可知"。以切入的角度论，或从抒发的见地看，无不推陈出新，想法新奇。

野望

王绩

东皋薄暮望，徙倚欲何依。

树树皆秋色，山山唯落晖。

牧人驱犊返，猎马带禽归。

相顾无相识，长歌怀采薇。

　　这是一首由"望"而"见"、由"见"而"感"的诗。所望是"野望"，是"暮望"。望之所在地是"东皋"，即山西河津县东皋村。所见是秋林、群山、落晖、牧人、猎马、牛羊等。所感则是"相顾无相识，长歌怀采薇"。

　　有说"采薇"典出《诗经》"陟彼南山，言采其薇。未见君子，我心伤悲"，意思是讲思念。有说是典出《诗经》"采薇采薇，薇亦作止。曰归曰归，岁亦莫止"，意思是言思归。还有，《史记·伯夷列传》载，周武王灭商后，伯夷、叔齐耻食周粟，隐于首阳山，采薇而食，遂饿死。后世则以"采薇"代指归隐。有人又说，诗中"采薇"典出于此。总结王绩一生，数次出仕，又数次辞官归隐。在隋朝时，做过县丞，时遇战乱，辞官回乡。且作《解六合丞还》云："我家沧海白云边，还将别业对林泉，不用功名喧一世，直取烟霞送百年。彭泽有田唯种黍，步兵从宦岂论钱。但愿朝朝长得醉，何辞夜夜瓮间眠。"入唐后，以前朝官待诏门下省，因久未等到授官，便再次辞归。在京时曾作《在京思故园见乡人问》云："旅泊多年岁，老去不知回。忽逢门前客，道发故乡来。敛眉俱握手，破涕共衔杯。殷勤访朋旧，屈曲问童孩。衰宗多弟侄，若个赏池台。旧园今在否，新树也应栽。柳行疏密布，茅斋宽窄裁。经移何处竹，别种几株梅。渠当无绝水，石计总生苔。院果谁先熟，林花那后开。羁心只欲问，为报不须猜。行当驱下泽，去剪故园莱。"此二诗足可说明他对乡居生活的眷恋。依此种种看来，诗人"长歌怀采薇"中所感，即归隐。但更多的感慨点似在"相顾无相识"上。细味其中意思，大概就是感觉心里很孤闷，因为所见虽热闹，却无人能懂得他的归隐心意。伯夷有叔齐，而他只有自己。

总而言之，此诗整体读来很平静，但隐含着很深的寂寞。

人的寂寞，大多是来自情感上的无人理解与互动。然人与人之间所谓的理解，大多又是浮泛的，更多则是离题万里，感同身受的概率很低，除非果有相似的性情，相似的经历。所以所谓相知，也不过是某个契合点的偶合罢了。人，终究是孤独的。王绩是，大家都是。

王维《渭川田家》云："斜阳照墟落，穷巷牛羊归。野老念牧童，倚杖候荆扉。雉雊麦苗秀，蚕眠桑叶稀。田夫荷锄至，相见语依依。即此羡闲逸，怅然吟式微。"这诗与《野望》不论从结构还是意思上都很相近，可对照来读。王绩另有《山夜调琴》云："促轸乘明月，抽弦对白云。从来山水韵，不使俗人闻。"王维则有《竹里馆》云："独坐幽篁里，弹琴复长啸。深林人不知，明月来相照。"此二诗亦味同，亦可对照来读。

夜还东溪

王绩

石苔应可践，丛枝幸易攀。
青溪归路直，乘月夜歌还。

这是一首快乐的诗，写一个快乐的夜归人，其中"应可践""幸易攀""归路直"皆是快乐的写照，而"月"则是锦上花。人若去想去的地方，过想过的生活，得遇如此"石苔"，如此"丛枝"，如此"青溪"，如此"月"，想不"夜歌"恐怕也不能自持。

类此的诗很多。如王湾《次北固山下》云："客路青山外，行舟绿水前。潮平两岸阔，风正一帆悬。海日生残夜，江春入旧年。乡书何处达，归雁洛阳边。"李白《早发白帝城》云："朝辞白帝彩云间，千里江陵一日还。两岸猿声啼不住，轻舟已过万重山。"王维《归嵩山作》云："清川带长薄，车马去闲闲。流水如有意，暮禽相与还。荒城临古渡，落日满秋山。迢递嵩高下，归来且闭关。"杨基《天平山中》云："细雨茸茸湿楝花，南风树树熟枇杷。徐行不记山深浅，一路莺啼送到家。"这些诗，或短或长，或行或宿，无不流溢着难以自持的归行的快乐。

宋代万俟咏有阕《诉衷情》云："一鞭清晓喜还家。宿醉困流霞。夜来小雨新霁，双燕舞风斜。　　山不尽，水无涯。望中赊。送春滋味，念远情怀，分付杨花。"此则是快乐归行的词，就中夜雨新霁、双燕飞舞中所含的情绪与王绩诗中的石苔、丛枝、青溪与月中所含是一样的。

夜還東溪　王績

石苔應可踐叢枝幸
易攀青溪歸路直乘
月來歌還

虎林明經書

和晋陵陆丞早春游望

杜审言

独有宦游人，偏惊物候新。

云霞出海曙，梅柳渡江春。

淑气催黄鸟，晴光转绿蘋。

忽闻歌古调，归思欲沾巾。

杜审言是唐高宗咸亨元年（六七〇）进士，及第后仕途却不快意，辗转各地任县丞、县尉之类小官近二十年。此诗是他在小县江阴任职期间同友人的唱和之作。

此诗之好，一好在结构。起以"宦游人"惊"物候新"直开笔，往下细数种种"物候新"，而此种种之"新"大约是和宦游人"归思"之"思"中一些旧的记忆相较而出的，所以眼见愈是"新"，心里大约愈是"惊"，这般一路从始"惊"至尾，笔锋则陡转，由此般般之"新"景中"忽闻"的"古调"把宦游人思归的情绪由原来的"惊"推向了"欲沾巾"。全篇读来感觉针脚细密，也圆润。此诗还好在修辞。"云霞"一句是讲海上日出时因太阳光芒照射云气有了色彩，诗人用一个"出"字写活了曙日。"梅柳"一句是讲南北地域不同导致春天的物候现象有早晚差异，诗人用一个"渡"字写活了春天（此二句可与王湾的"海日生残夜，江春入旧年"比读）。"淑气"一句是讲鸟儿感到春光温暖所以叫得欢快，诗人用一个"催"字写出时令转换迅疾。"晴光"一句是讲晴天日色照在浮萍上闪烁着亮光，诗人用一个"转"字写出那光芒的动感，这四句所描绘的景物都优美，用词也优美，读来很享受。此诗之最好，是所表达的情感，经常出门或远离故乡的人对于其中"独有""偏惊"及闻歌古调而思归泪"欲"下的情感极易产生共鸣。一个"欲"字用得极妙，妙在克制，从情感上是，从手法上也是。

《旧唐书》载："乾封中，苏味道为天官侍郎，（杜）审言预选。试判讫，谓人曰：'苏味道必死。'人问其故，审言曰：'见吾判，即自当羞死矣。'又尝谓人曰：'吾之文章，合得屈（原）、宋（玉）作衙官；吾之书迹，合得王羲之北面。'"可见，杜审言是个颇自信的人，连屈原、宋玉、王羲之这般人物他都不加青眼。大概就因为他缺少常人思想里所谓的谦虚美德，又加他曾阿附权贵及与一些阿附权贵者走得较近，所以历来人们对杜审言的人品多有微词。不过，依这首《和晋陵陆丞早春游望》来看，他的文学自信似并不盲目，还是很有些底气的。

杜审言存世的诗歌不多，写得最好的还是五言律，还是宦游思归一类。他如《登襄阳城》云："旅客三秋至，层城四望开。楚山横地出，汉水接天回。冠盖非新里，章华即旧台。习池风景异，归路满尘埃。"如《旅寓安南》云："交趾殊风候，寒迟暖复催。仲冬山果熟，正月野花开。积雨生昏雾，轻霜下震雷。故乡逾万里，客思倍从来。"如《春日怀归》云："心是伤归望，春归异往年。河山鉴魏阙，桑梓忆秦川。花杂芳园鸟，风和绿野烟。更怀欢赏地，车马洛桥边。"这类诗写法与《和晋陵陆丞早春游望》大体相似，都是由时令景物之异而惹发思归之情。

杜审言在遣词造句上确有自己的特色，有些诗句令人耳目一新。如"白露含明月，青霞断绛河""江声连骤雨，日气抱残虹""烟销垂柳弱，雾卷落花轻""绾雾青丝弱，牵风紫蔓长"，此类句子句法皆与上诗中"云霞出海曙，梅柳渡江春"一样，尤最后一句，甚美，杜甫拿来化作《曲江对雨》云："城上春云覆苑墙，江亭晚色静年芳。林花著雨燕脂落，水荇牵风翠带长。龙武新军深驻辇，芙蓉别殿谩焚香。何时诏此金钱会，暂醉佳人锦瑟旁。"其中"林花"一联与其说是化用，不如说是对杜审言诗句的完美理解。"林花"一句写尽雨后花朵的楚楚可怜样，大有"绾雾青丝"之"弱"态；"水荇"一句则完美形容出水草在水面上顺风摇摆的柔美样子，意象与"牵风紫蔓长"亦近。就单句而言，杜甫的化句读来似不及他祖父的句子新奇且有张力，此非笔力问题，而是五言句与七言句的问题。若将句子嵌入整诗则就不同了，虽都是描写景物，然杜甫的化句似有隐喻，内里有寂寞惆怅的意味，且寄托着对开元盛世的怀想以及对"安史之乱"后新朝廷的寄望，在情感角度上，他祖父的诗句似不及他的伤感沉重。

次北固山下

王湾

客路青山外，行舟绿水前。
潮平两岸阔，风正一帆悬。
海日生残夜，江春入旧年。
乡书何处达，归雁洛阳边。

回家的感觉，总是好的。身为离开家在异乡谋生活的读者大概对此深有体会。每逢佳节，收拾行李，打扮自己，买一张车票，踏上回乡之路。途中所见，风是好风，日是好日，就连冬天簌簌扑面的雪花，都觉得是来相伴回乡的天外精灵。王湾这首诗，写的就是回家的感觉。

王湾是洛阳人，据说很爱游历，且常往江南一带去。此诗即某次往南方游历后北归途中止宿北固山下时所作。"次"，就是停下来住宿。既是住宿，该是夜晚。想来他归心似箭，次日未待天明，便又起航了。有此背景预设，且来看。诗一开篇，便可感觉到诗人明媚的心情。"客路"与"行舟"是诗的开拔，也是诗人归途的开拔。"客路"一句虽在先，但其意却在"行舟"之后。意思是说，行舟在眼前的碧绿江水上，想到将要展开的漫长旅途，还在这郁郁青青的北固山外。句中"青山"与"绿水"定要细细体会。试想，诗人若非心情大好，焉能见山山青，见水水绿？若有怀疑，下联之潮平水阔与风正帆悬恰可辅证。"风正"即风顺，但比"风顺"似更有力，也更有情意。一个"正"字，好像觉得风也很体恤诗人回家的心情，一点弯路都不带他走。"阔"，是表现"潮平"的结果。春潮涌涨，江水浩渺，放眼望去，江面与江岸似乎同在一个平面上。如此，舟行中人的视野也因之而舒展且开阔。"潮平两岸阔"有作"潮平两岸失"。有人认为，潮水涨起来势必淹没两岸，所以用"失"好。其实，还是"阔"好。"阔"字里有情绪，其与上句的"青山""绿水"相承，与下句的"风正一帆悬"相合，可见诗人归心似箭的愉快情绪。若用"失"，从感情上讲，岂不是要迷航？往下"海日生残夜，江春入旧年"一句，用字不俗，拟景也奇绝。"海日生残夜"一句，顺着理解，是海上的日出暗淡了夜色，遂为残夜；逆着理解，是残夜在侵晨临盆，"生"下了海日。既生日，又被日而暗淡，形容高妙。下去的"入"字，既喻时序交替的势不可当，又是驱旧迎新的明朗心情之悄见。总之，"海日"是一派朝气，"江春"是一派春气，诗人的心情，好得是一塌糊涂。恰在此当口，又有一队北归的大雁经过，等于又给这愉快的心情锦上着了些花儿。诗人于是心下暗暗许愿，希望归雁能将他马上要回去的消息捎给洛阳的亲人。"乡书"一联，在诗的结构上讲，与起句"客路"前后相承，堪称完美；在诗的意境上讲，则将诗人回家的快乐绵延开来，像空中一行振翅之雁，迤迤逦逦而去，令人分明觉得，诗人虽身在途上，心却早就推开了家门……

王湾是唐玄宗年间进士，所处文学大环境甚好。不过，存世作品却不多，大概就是十来首。此诗算是最响亮的一首。其中最令人称赞的是"海日生残夜，江春入旧年"一句。有人赞是"不朽"句，有人赞是"奇秀"句，有人谓此句"淡而难求"，有人谓此句"形容景物，妙绝千古"。其实，此诗之好，琢字拟景倒还在其次，好就好在情景交融上。

回乡偶书二首

贺知章

少小离家老大回，乡音无改鬓毛衰。
儿童相见不相识，笑问客从何处来。

离别家乡岁月多，近来人事半消磨。
唯有门前镜湖水，春风不改旧时波。

有人曾说，人老了，要像刀入鞘一样，择个小镇，或回到出生地，静下来，慢慢地老。贺知章三十七岁登进士第，从此离家在外做官，一直到八十六岁，因病请辞，回到故乡，并写下这两首似刀入鞘之作。

此二诗可连贯来读。第一首，"少小离家"是一番场景；"老大回"又是一番场景，中间隔着几十年光阴，此中沧桑沉浮，未言自明。起笔七字，看似漫笔，却说尽诗人一生。"乡音无改"是恒；"鬓毛衰"是变，这一恒一变的对照，可见诗人的一种情怀。"儿童相见不相识"中两个"相"用得妙，既写儿童眼中人事，又写诗人眼中人事，此乃别有心肠句。"笑问客从何处来"一句亦是别有心肠句，是借儿童之"笑"，言诗人之叹。叹什么？叹老，叹物是人非，叹久别故里，游子成客。

苏轼谪居儋州时曾作《纵笔》云："寂寂东坡一病翁，白须萧散满霜风。小儿误喜朱颜在，一笑那知是酒红。"苏轼彼时处境虽凄凉颇甚，但出语诙谐，令人起敬。苏轼诗中的"小儿误喜"与贺知章诗中的"儿童笑问"一样，皆是以诙谐语，况辛酸味。据说，贺知章亦是个极旷达者，曾醉里"骑马似乘船"，以至"眼花落井水底眠"；苏轼则醉里"簪花不自羞"，惹得"十里珠帘半上钩"。二人性情如此相类，难怪表达方式这般雷同。

贺知章是浙江绍兴人，乡音是吴语。他既言"乡音无改"，想来离乡几十年，一朝归来，那就如鱼得水，肯定会与亲友乡邻吴侬软语攀谈个不停。一攀谈，方知乡里这些年"人事半消磨"。此五字中，大约含有亲友生活的悲欢，故交生死的讯息，或还有其他种种。总之，光阴荏苒，世事变迁，旧识旧情难再，"唯有门前镜湖水"，被小风吹起波纹，还和小时候所见一样。"唯有""春风"二句，看似是写春风荡漾，看似是漫谈山水，实则亦是笑叹之笔。此二句，令贺知章从"老大"回到了"少小"，从"鬓毛衰"的病翁回到了三十七岁或比三十七岁更早的岁月。此二句中滋味，思之令人怅然。

叶嘉莹曾说："凡是最好的诗人，都不是用文字写诗，而是用整个生命去写诗。成就一首好诗，需要真切的生命体验，甚至不避讳内心的软弱与失意。"贺知章这《回乡偶书二首》之所以好，就在于是他真切的生命体验，是真情的自然流露。这两首诗作罢没多久，贺知章就病逝了。他这把老刀，安然入鞘。

晚次乐乡县

陈子昂

故乡杳无际，日暮且孤征。
川原迷旧国，道路入边城。
野戍荒烟断，深山古木平。
如何此时恨，嗷嗷夜猿鸣。

　　此诗写诗人离开家乡蜀地去往楚地的旅情。起篇虽以"故乡"落笔，实则已离乡遥远，接着写日暮，写川原，写入边城，写野戍荒烟，写深山古木，直写至夜黑，写至嗷嗷猿鸣，一条时间线，一条路程线，交错写来，修辞朴素，结构流畅，诗意明朗，实是好诗。其中"如何"，当是无可奈何，这句是在说诗人思乡孤旅之"恨"，正凄苦时暗夜里偏有"嗷嗷"猿啼声传来为这"恨"推波助澜。此诗最妙处，即此末二句于全诗来讲亦有推波助澜之力。

　　古来有很多行旅诗皆有类陈子昂这般的写法。如刘长卿《馀干旅舍》云："摇落暮天迥，青枫霜叶稀。孤城向水闭，独鸟背人飞。渡口月初上，邻家渔未归。乡心正欲绝，何处捣寒衣。"暮秋时分，诗人居旅馆中，见青枫叶落，见孤鸟独飞，见月上渡口，怀乡之情油然而生，恰此时候，又听到附近有人家捣衣的声音，愈使思家念亲之情浓重，可见前番数语皆为末二句铺垫，"乡心正欲绝"是前番数景撩拨之果，而后捣衣声则推其波，助其澜。又如韦应物《闻雁》云："故园眇何处，归思方悠哉。淮南秋雨夜，高斋闻雁来。"诗人的归思之"悠"，先时尚似一渠细水，一夜"秋雨"后，复有"雁来"助势，想来瞬间便成了不可抵抗之洪流。又如赵嘏《寒塘》云："晓发梳临水，寒塘坐见秋。乡心正无限，一雁度南楼。"此诗与韦诗写法近似，不过"寒塘坐见秋"中兼有光阴之叹，所以略胜韦诗一筹。又如崔涂《湘中谣》云："烟愁雨细云冥冥，杜兰香老三湘清。故山望断不知处，鹧鸪隔花时一声。"对于乡心浓重的人来说，此"时一声"的鹧鸪之啼与陈子昂诗中夜猿的"嗷嗷"之鸣所产生的推力是一样的。最有意思当数杜牧的《南陵道中》："南陵水面漫悠悠，风紧云轻欲变秋。正是客心孤迥处，谁家红袖凭江楼。"

陈子昂另有《度荆门望楚》云："遥遥去巫峡，望望下章台。巴国山川尽，荆门烟雾开。城分苍野外，树断白云隈。今日狂歌客，谁知入楚来。"此诗亦是写行旅，亦是以时间与路程两条线交错来写。不同的是，结句以设问托出情感，也是一种很别致的写法。很显然，此诗比上诗读来欢快，因上诗是在由蜀入楚的途上，而此诗则眼看抵达了目的地，所以心情定不一样。

使还湘水

张九龄

归舟宛何处，正值楚江平。

夕逗烟村宿，朝缘浦树行。

于役已弥岁，言旋今惬情。

乡郊尚千里，流目夏云生。

    题中"湘水"即湘江。张九龄是韶州曲江县（今广东韶关）人，湘水是他从京城出发由北而南归乡之最后的旅程。张九龄自二十四岁考学成功出仕后，前后数次归乡，原因不尽相同，或因仕途不顺自请辞官归乡，或因政治原因被外放转道归乡，或因母丧丁忧归乡。

    "使"，是奉命的意思。据题可知，这是他第二次归乡，是因政治原因被外放任冀州刺史，他以老母在乡需尽孝道为由上表请换江南一州，唐玄宗当时还是非常欣赏张九龄的才华，不但允了归省，还额外给了他一个很轻松的差事，即往南岳及南海祭祀山神水神，以禳除干旱、飓风等天灾。既可奉圣命办公，又能就便回乡探亲，这是两兼其美之事。所以诗人此次归乡的心情十分愉悦，是"于役已弥岁，言旋今惬情"。而这"惬情"可由诗中诸如"正值""夕逗""朝缘"等欢快的字符中透出。虽说自湘水离他的老家曲江尚有"千里"之距，但他"流目"所见，已然处处是喜悦了。

与此同时，张九龄另有《初入湘中有喜》云："征鞍穷郢路，归棹入湘流。望鸟唯贪疾，闻猿亦罢愁。两边枫作岸，数处橘为洲。却记从来意，翻疑梦里游。"又有《自湘水南行》云："落日催行舫，逶迤洲渚间。虽云有物役，乘此更休闲。暝色生前浦，清晖发近山。中流澹容与，唯爱鸟飞还。"其中"征鞍"与"有物役"，即指此次奉命要办的差事，而"翻疑梦里游"仍是愉悦心情的表达，"唯爱鸟飞还"则可见他似箭的归心与离家很近却因公差而不能先往归的遗憾。

唐开元十五年（七二七），也就是"使还湘水"归京之后，张九龄并未留在京中，而是又被外任洪州（今江西南昌）都督。他在赴职途中，也写了很多纪行诗，其中有《自彭蠡湖初入江》云："江岫殊空阔，云烟处处浮。上来群噪鸟，中去独行舟。牢落谁相顾，逶迤日自愁。更将心问影，于役复何求。"有《江上遇疾风》云："疾风江上起，鼓怒扬烟埃。白昼晦如夕，洪涛声若雷。投林鸟铩羽，入浦鱼曝鳃。瓦飞屋且发，帆快樯已摧。"也有很有名的《湖口望庐山瀑布水》云："万丈洪泉落，迢迢半紫氛。奔飞下杂树，洒落出重云。日照虹霓似，天清风雨闻。灵山多秀色，空水共氤氲。"这几首诗，又不同以上诸首，其中情绪断无快乐可言了，而是非常复杂，似有忧，有惊，有疑，有迷茫，且这复杂的情绪淡淡的，时露时含，与自然景物糅杂一起，像庐山瀑布前的空气中的水雾一样，氤氤氲氲，若非心思细密者，不易完全体察。

　　有研究者统计，张九龄的山水纪行诗占他全部诗作的五分之一左右。可见不少。综合上面几首诗看下来，不论写乐写忧，他的这类诗还有个特点，即笔致疏淡，韵意含蓄。这种诗风对后辈如孟浩然、王维、储光羲、韦应物等都有指引。

问梅

王维

君自故乡来，应知故乡事。
来日绮窗前，寒梅著花未。

　　王维的很多诗皆好在感情克制，清淡而深远。像《相思》不道相思，唯借物而言"愿君多采撷，此物最相思"，由是相思自明。像《送元二使安西》，朋友远别在即，只道"劝君更尽一杯酒，西出阳关无故人"，离情与牵念自见。像《山中寄诸弟妹》，淡淡一句"城郭遥相望，唯应见白云"，既况出己志，又把思亲之情写得无处不在。这首《问梅》也一样。

　　一个离乡之人，他地忽遇故友，思乡之情瞬时找到了介质，本该有所发挥，然诗人别话不多言，只道"来日绮窗前，寒梅著花未"。诗人只问梅花，若读诗的人也只读到梅花的消息，那就错了。梅花开未开，只是"故乡事"中很小很小的一件，或说是一点，诗人念梅花如此，况乎其他。且诗人所问之梅，又特定是"绮窗前"者，其念梅花之心如此细具，又况乎其他。

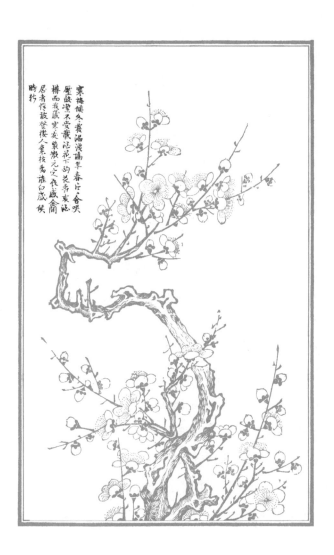

此诗似本自陶渊明的《问来使》，与王绩的《在京思故园见乡人问》感情上亦相近。这两首也都是问故乡来者的诗。古来鉴赏者大多认为王维的诗笔调简古，只一吟一咏，便有悠扬不尽之致，遂更胜二者一筹。的确，三首诗比读，陶渊明的诗还好，因是嗜酒的人，缀些问酒之语，不伤大雅，反更见思归之切。王绩的诗，就有趣多了，婆婆妈妈问了百二十字，殷勤急切之情倒易见，遗憾的是，朴直有余，而余味了无，诗的魅力，也在其琐碎询问中渐次冲淡。这样的诗不耐琢磨。而王维此一问梅诗，问的虽只是梅，但感觉"梅"之外还有很多很多暗含其中，人在不同时境与心境下读，会有不同体悟。

真的痛，不抒情。其他一样。

读罢王维此诗，再读读王维类此的一些诗，似可见他的性格，寡言而深情。这也大概是他"妻亡，不再娶，三十年孤居一室"之故。

南朝江总《于长安归还扬州九月九日行薇山亭赋韵》云："心逐南云逝，形随北雁来。故乡篱下菊，今日几花开。"宋代钱时《寄家书有怀岁寒五友二首》之一云："坐拥云根兴未涯，江楼时复梦归家。庭前一点梅初破，近日新添几个花。"此二诗皆与《问梅》意旨相类，皆是借念物而念乡。不同是，所问对象有别；问句情味，亦不同。王维的"寒梅着花未"，读来亲切；江总的"今日几花开"，略有轻愁；钱时的"近日新添几个花"，则甚是俏皮。

冬至

杜甫

年年至日长为客，忽忽穷愁泥杀人。

江上形容吾独老，天边风俗自相亲。

杖藜雪后临丹壑，鸣玉朝来散紫宸。

心折此时无一寸，路迷何处见三秦。

　　杜甫的诗，很多时候是一字千钧。如写春雨的润物无声，一个"随风潜入夜"之"潜"，慈悲的意思就全有了。如写光阴的迅疾流逝，一个"二月已破三月来"之"破"，覆水难收的感觉就全尽了。如"星垂平野阔，月涌大江流"之"垂"之"涌"，则将人在旅舟中的茫茫荡荡之感写得真真切切。

　　这首《冬至》作于寓居夔州时期。诗以"长为客"为纲领，叙尽"年年"中当年冬至节情形：一个五十六岁的老人，身患多病，在外流寓多年，苦苦思乡，却又限于能力及时势回不去，只能带着妻小很无奈地客居于异乡。当下，眼见着本地人热闹过节，他则极其落寞，一个人在大雪后挂着木杖临崖独立，遥望北方，思及此刻正该是长安城百官们从紫宸殿中散朝出来，骑着马，说笑着，环佩叮当，一片热闹（唐肃宗收复西京后，残乱的朝廷一时在战争未止中重建起来，杜甫在京任左拾遗，前后约数月光景，那是杜甫一生最为辉煌的一段光阴）。回想自己从前的荣耀，回看自己眼下的处境，对照间，愁绪如麻，心酸难抑，便更觉得思归之愿涌动。然放眼崖前，山重水复，又更觉得归期遥遥，迷茫无助……

此诗最能见出杜诗的沉郁之风。其中"泥"字，力敌千钧。此一字，可谓将杜甫后半生"长为客"中的"穷愁"囊尽。

杜甫的一生，自唐乾元二年（七五九）始，一截为二。是年，杜甫为官不得君王信赖，又逢"安史之乱"所致大动荡与大饥荒，所以不得已弃官，以四十八岁之龄携家西去南下，流寓各地数十年。其间，在成都草堂大约算是过了几年安稳日子。然好景不长，他"白头"所趋的"幕主"后来死了，景况所迫，不得已又离开成都南下，经戎州、渝州、忠州，秋至云安，暂住。开春，又从云安至夔州。在夔州住了不到两年，却迁徙了四地，在赤甲、瀼西、东屯、瀼西间辗转反复。这首《冬至》便作于当时。作此诗时，杜甫一家已时行时止兜转在外很久了，已被"忽忽穷愁"几欲"泥杀"。此诗作罢未几，杜甫又携家去夔出峡，夏抵江陵（荆州），秋居公安，冬至岳州。后，又从岳州至潭州，又至衡州，不久又复回潭州，偏遇兵乱，不得已又逃至衡州。后欲往郴州依舅氏，不意，半途在耒阳遇水患，只能再次返回潭州。就这样兜兜转转至秋冬之季，仍像陷入泥潭一样，在无休止的漂泊与穷愁中抽不脱。最终,被"泥"一样的漂泊与穷愁"泥杀",病卒江舟上。

读此诗时,想想他的《闻官军收河南河北》,不免一遍遍为诗人的遭遇叹气。

南宋黄公度《至日戏题天福寺》云:"去年至日老夫家,呼儿具酒对梅花。今年至日空奔走,岂止无花亦无酒。薄宦驱人无已时,客怀牢落强裁诗。君不见杜陵老诗伯,年年至日长为客。"此诗前六句以今昔之比比出冬至日客居异乡的落寞之感,后二句则借用杜甫诗句,并与之又是一番对比,自况出无奈且随遇而安的心情。不过,黄公度是为"薄宦"而漂泊在外,杜甫却非如此,杜甫的"年年至日长为客"比他要凄苦无助得多,所以此处的借用,似略有不当。

逢雪宿芙蓉山主人

刘长卿

日暮苍山远，天寒白屋贫。
柴门闻犬吠，风雪夜归人。

　　此诗古来争议颇多，且争议最大在"夜归人"上。有人以为，"夜归人"是诗人自己，是诗人在迷漫的风雪中忽然找到投宿处，宾至如归。有人以为，"夜归人"是芙蓉山主人，诗人投宿于山人的住所，偏逢主人外出不在，至夜听闻狗叫声，知是主人归来。有人以为，"夜归人"是邻人，是诗人夜宿山村就寝后，忽从卧榻上听到犬吠声，猜想到有邻人踏雪归来。抛开这些异议，大家大致认同的是，"日暮苍山远，天寒白屋贫"说的是投宿之前的事，"柴门闻犬吠，风雪夜归人"写的是借宿山家以后的事。

　　此诗或可有二解，一解以进行时，一解以过去时。先依前解——诗题曰"逢雪宿"，可见是因雪阻行而借宿，所以开笔所言"日暮"并非实指夕阳斜落，而是指时间，指诗人奔波在路上，行至日暮时分，遇雪（或阴天欲雪），看看想要投宿的山村还很远，即"苍山远"，只得坚持不懈，继续前行。渐行渐近中，依稀可见了"白屋贫"。诗人一路雪行，所见皆白茫茫一片，清冷冷一片，死寂寂一片。恰此时刻，听到了犬吠，这犬吠似于荒寒之中燃起的一星篝火，立刻给了诗人温暖，他终于可以结束辛苦之途，有个暂可栖身的归宿。再依后解——诗题曰"逢雪宿"，可能是指诗人逢雪投宿于芙蓉山主人家后，身在山人窗下的见闻：日暮，使见眼前苍山悠远；天寒，使见周遭白屋清贫。至夜就寝后，闻柴门外犬吠不止，推想是风雪中有邻人或别个旅人归来或投宿而来。因这风雪归来之途，曾是自己的亲历，所以诗人推想他人，亦是回顾自己。两种解读比较，就取意而言，似前者更佳。因"日暮苍山远"，既是旅途，又何尝不是人生之途，但好在"柴门闻犬吠"，好在风雪中最终寻得了归宿。这首诗的力量，大概在于此，也应当在于此。

刘长卿出身很平常，资质也不很出众，数年数次应试，才中进士，入仕三十余年也未大得意，只做些个不起眼的小官，还屡屡蒙冤，接连遭贬，其辛苦颠沛之状，真仿若诗中风一程雪一程的旅人。学者金性尧据其《送张起崔华之闽中》《赠秦养征君》二首推想，此诗应该作于其谪居睦州时期，估计是某次外出返归时途经芙蓉山遇雪投宿后写就。如此，不论是从大人生处看，还是从小遭遇中讲，刘长卿这首《逢雪宿芙蓉山主人》皆可谓是切实体会，是真语真情。难怪写得这么好。

许浑《夜归丁卯桥村舍》云："月凉风静夜，归客泊岩前。桥响犬遥吠，庭空人散眠。紫蒲低水槛，红叶半江船。自有还家计，南湖二顷田。"此诗写得也很不错，前二联似可独立成诗，其意亦堪味，实不逊刘诗。

逢雪宿芙蓉山　劉長卿

日暮蒼山遠天寒白屋貧

柴門聞犬吠風雪夜歸

人

庸林葉大年書

枫桥夜泊

张继

月落乌啼霜满天，江枫渔火对愁眠。
姑苏城外寒山寺，夜半钟声到客船。

　　钟、鼓是佛教法器。佛寺一般皆设钟、鼓楼，晨敲钟，以鼓应；暮击鼓，以钟应。据考，唐宋时期的一些佛寺，除了晨钟暮鼓外，子夜也会敲钟。张继这首行旅纪事诗，写的就是这事。

　　题曰"枫桥夜泊"，首句上来即言本事，写"夜泊"之所见、所闻、所觉。所闻，是"月落""乌啼"；所觉，是"霜满天"。霜满天，未必就是霜满天，倒更似旅人于深秋或初冬之夜的孤舟中所感觉到的铺天盖地的寒意。接句复写"夜泊"之见闻。"渔火"，是所见；"江枫"，也未必全是所见，也可能兼言枫林风声。试想，在乌漆麻黑的"月落"之夜，本难视物，旅人何以"见"江枫？总之，月落，乌啼，江枫，渔火，皆是动态。旅人卧于夜泊的舟中，眼见着这一切的发生与进行，感觉陌生又新鲜，孤寂又寒冷，心中不免会生出些些"愁"。这些愁，引发难眠，"愁眠"也就不难理解了。愁眠，是本诗诗眼，贯穿前后。恰因旅人有此"愁眠"，辗转反侧间，方可见前句之般般，也引出了后句的"夜半钟声"。钟声幽幽，愈衬出夜之清冷，人之孤寂。此情此景，思之令人低回。

明代陈继儒在《唐诗三集合编》中论此诗云："全篇诗意自'愁眠'上起，妙在不说出。"此一"妙在不说出"便撩动了后人的好奇心，有解读者极尽能事，对诗人未说出的"愁"不断剖析与深掘，于此扯出诗人逢乱世而忧国民，所以写"月落"是盼重升，写"乌啼"是惊醒世人，"江枫""渔火"更是隐含着对光明的追寻。更有奇者解曰，那寒山寺的夜半钟声，是意味着"佛"的到来，旨在对诗人弘法开示，消愁长慧，云云。这般读诗法，真是荒诞至极，白糟蹋了好东西。学者刘学楷说：诗人泊舟江畔，在面对霜天暗夜、江枫渔火时，心中有些羁旅轻愁是事实，不过，这愁绪并不沉重，其与周遭景物氛围交融契合，兼具美感，尤夜半有钟声传至客船上时，这美感就越显清迥隽永，诗人之所以提笔一记，心中对此显然是欣赏与悦见的。这才是正经解诗人，不负张继笔墨。

张继乃天宝十二年（七五三）进士。很可惜，刚中进士不过二年，"安史之乱"便爆发，他只得避乱于江南。此诗大约作于彼时。此后，有过一段投笔从戎的生涯。大历年间，他曾任洪州盐铁判官。上任不久就病逝了。张继不在了，但其《枫桥夜泊》留了下来，其"夜半钟声"中悠悠的羁旅轻愁留了下来。陆游有《宿枫桥》云："七年不到枫桥寺，客枕依然半夜钟。风月未须轻感慨，巴山此去尚千重。"此中的"半夜钟"，既是亲闻，亦是对张继诗情的妙化。陆游三十九岁在京口做官时曾到过枫桥，听过钟声。七年之后，赋闲日久重得起用的他欲赶往夔州赴任，复经此地，复闻钟声。他虽道"未须轻感慨"，其实却是颇感慨。想来，陆游诗中的"依然"之觉，大约是每个途经此地的旅人对张继"夜半钟声"的共鸣。

据说张继诗中的"寒山寺"，唐朝时不过是个小寺院而已，倒是寺里的那口钟，"冶炼超精，去雷奇古，波磔飞动，扣之有凌"。尤夜半子时敲响时，七八里地外都能隐约听见。后来，此钟借张继的诗出了名，成了文化古物，被外贼盗去。明代嘉靖年间，又重筹铸了一口，并建了钟楼，悬于其间。后倭寇入侵，遭毁。清光绪年间，仿明代钟样又铸了　口，又重建了钟楼，方使"夜半钟声"幸未"绝响"，延至而今。

暮春归故山草堂

钱起

谷口春残黄鸟稀，辛夷花尽杏花飞。
始怜幽竹山窗下，不改清阴待我归。

钱起的诗，极善写景。比如此诗。诗题之意，即在暮春时节回了趟故乡或旧居，所以开笔便以"谷口春残"四字清楚点题。"谷口"，系地名，即"故山"所在。钱起有好几首诗都曾提到过"谷口"，其中《谷口书斋寄杨补阙》云："泉壑带茅茨，云霞生薜帷。竹怜新雨后，山爱夕阳时。闲鹭栖常早，秋花落更迟。家僮扫萝径，昨与故人期。"有泉溪，有藤篱，有竹林，有远山，有鸟，有花，可见"谷口"确实是个好地方。可是诗人此次归来时，却是暮春时节，所以"黄鸟稀""辛夷花尽""杏花飞"。这些都是"故山"的实景，也都是诗人的路见，然内里却暗隐着些许怅然情绪。这怅然里，有丝丝近乡情怯之情，也有丝丝迟归惋惜之情，总之酸酸甜甜五味杂陈。下去"始怜"二句，则扣题于"草堂"上。"始怜"里有情义，亲切坚定的情义。"不改清阴"

里也有情义，念旧思乡的情义。"待我归"里，同样也有情义，则是诗人的多情了。

不独钱起，凡诗者，大多多情。此一多情，非指男女之情，而是指诗者对尘世物事的体恤与感悟要比常人多，且细腻。杜甫有诗句"熟知茅斋绝低小，江上燕子故来频"，此一"熟知"里就有多情。想来，燕子恋旧家，按此"熟知"倒也说得过去，然其后紧随"绝低小"三字，则就透露出这"熟知"是多情了。原来这"熟知"是杜甫的自知，是其彼时彼境中的自觉，倒借了燕子的来去抒发一番。有人曾说，杜甫多情，得志必能济物。这话说得好。杜甫的多情，于物是，于人更是。另外，苏轼也多情。苏轼有诗句"东风知我欲山行，吹断檐间积雨声"，此中"知我"二字里，亦见多情，亦是自我的情绪借物抒发。若说此二人多情，估摸无人不认同，然要说王维多情，怕有人就要嗤"吾"以鼻了。王维的诗，越往后越空灵绝尘，无纷呈热闹。然细究去，却也不乏多情。如"轻阴阁小雨，深院昼慵开。坐看苍苔色，欲上人衣来"之"欲上"；如"独坐幽篁里，弹琴复长啸。深林人不知，明月来相照"之"来相照"，都是多情。不同的是，王维的多情，在深处。静水深流，愈是静，才愈见深，愈见多情。

古人说，情至不能已，氤氲化为诗。这情，若是对人事的，倒也不觉奇，难得的是，对物事有情。想来，像钱起一样，本是他自己思念及思归"故山草堂"之情浓重，浓到反觉是草堂窗下的幽竹一直"不改清阴"地等他回去。可见，诗者喜，所见就喜；诗者哀，所见就哀。总之，都是多情勾惹的。多情好，多情总比薄情好，更比无情好。人情，物情，温情，闲情，纯情，痴情……人生至极处，不是一个情嘛。

左迁至蓝关示侄孙湘

韩愈

一封朝奏九重天，夕贬潮州路八千。

欲为圣朝除弊事，肯将衰朽惜残年。

云横秦岭家何在？雪拥蓝关马不前。

知汝远来应有意，好收吾骨瘴江边。

　　唐元和十四年（八一九）元月，五十二岁的韩愈因上表极谏宪宗迎佛骨入宫廷一事被贬往潮州，途经今陕西蓝田县境内时，二十七岁的侄孙韩湘从京中冒雪赶来侍行，韩愈颇为感慨，于是写下此诗。

　　题中"湘"即韩湘，是韩愈《祭十二郎文》中十二郎之长子。韩愈自幼丧父，依兄嫂而活，所以与其侄十二郎自小一起长大，虽有辈分之差，却亲密如兄弟。韩愈被贬潮州时，韩湘之父病逝已久，作为侄孙辈的韩湘冒雪赶来侍行，韩愈乍见亲人的心情，可想而知。诗开笔两句，他自叙被贬之迅疾，之遥远，之措手不及，其中数字的对比运用，大似李白的手段。三、四句言明遭贬的缘由及其九死不悔的侍君之心，其中又略含自我说服与安慰之意。"云横""雪拥"二句则将彼时自己对家人的牵念及对去路的踌躇迷茫之情释尽。其中借"马不前"以况人心不愿远谪的写法，亦堪称绝。末一联最耐思量，字面读来似淡淡自语，又似与侄孙对话，然若深究去，却可体会出韩愈心底里的忧惧与无望。

有人说，韩愈此诗写得很好笑，当初既敢谏言，眼下却不敢承受，尽似村妇失宠般可怜兮兮说什么"九重天""路八千""家何在""马不前"，还装模作样嚷嚷道："知汝远来应有意，好收吾骨瘴江边。"表面看像是要以死明志，事实上是作秀，因为他怕死，根本没有死谏的勇气。这话讲来稍嫌刻薄，亦似冷心之语。想一想，"朝奏""夕贬"之程仓促，韩愈定未来得及与家人辞行，路上正惊魂忐忑间见侄孙赶来，他又惧，又喜，又委屈，又恐生变，故而思及身后事，这种感情并不难理解。再者，韩愈第一次被远贬阳山时，即因实言极谏，二次又敢为，已属不易。三者，莫说是韩愈，任谁处于生死之间，焉有不怕者？怕是常情，不怕才可怕。况此远贬之令，亦是重臣贵戚们帮忙从鬼门关口跪求来的，他可爱的小女儿后来亦因此受惊而得恶疾死去。面对此种种遭遇，怕是任谁也不会亦没心情写诗"作秀"。

韩愈抵潮州后，在上的谢表中除了自责乞怜外，还大肆颂扬了一番贬谪他的圣上，此又成为不少后人讥讽其贪职无骨的把柄。除此外，韩愈留给后人的口舌还很多，如爱钱，曾搞副业，四处替人写墓志铭；晚年好声色，蓄养家妓；迷恋道教修炼术，服食硫黄以求长寿等。

但说到底，韩愈这个人还是有很多值得肯定的地方。他与柳宗元合力推进古文运动。他肯赏识提携有才识的后辈。他还很长情。韩愈自小依靠兄嫂生活，嫂子故去后，他回乡守丧五个月。科举考试，韩愈曾几试几败，后幸得董晋的举荐得官，董晋去世，他扶柩归乡厚葬。还有件趣事，据闻他与友人登华山，爬上去了，却不敢下来，就在山上哭起来，后来没法子，只能托人捎书下去，得到援救才安全下山。韩愈是个有意思的人。

夜到渔家

张籍

渔家在江口，潮水入柴扉。

行客欲投宿，主人犹未归。

竹深村路远，月出钓船稀。

遥见寻沙岸，春风动草衣。

　　人与人相遇，有时是缘，有时是劫；有时是无心插柳，有时是柳暗花明。有时，初遇一人，感觉别有洞天，然越往后接触越觉得，不过如此。读诗也一样。有些诗，起先几句一读，好得令人连连拍膝，然越往后读，越觉得也不过是些俗套；有些诗，则开头读来平平，读到尾上，彩才出来。

　　如李群玉（一作李欣）《雨夜呈长官》云："远客坐长夜，雨声孤寺秋。请量东海水，看取浅深愁。愁穷重于山，终年压人头。朱颜与芳景，暗赴东波流。鳞翼思风水，青云方阻修。孤灯冷素艳，虫响寒房幽。借问陶渊明，何物号忘忧。无因一酩酊，高枕万情休。"洪迈《容斋随笔》里讲："予绝喜李欣（李群玉之误）

诗云：'远客坐长夜，雨声孤寺秋。请量东海水，看取浅深愁。'且作客涉远，适当穷愁，暮投孤寺中，夜不能寐，起从凄恻，而闻檐外雨声，其为一时襟抱，不言可知。而此两句十字中，尽其意态。海水喻愁，非过语也。"确是如此。此诗前四句有浑然天成之感，若单摘出来，气韵实不逊李白。尤"请量东海水，看取浅深愁"一语，真是写愁绝句。可惜"愁穷"往下数语，则对这"愁"之种种细说一番，结束又不忘自表旷达一番，前四句里的气韵就被这样左一番右一番给拖散了。又如朱湾《寻隐者韦九山人于东溪草堂》云："寻得仙源访隐沦，渐来深处渐无尘。初行竹里唯通马，直到花间始见人。四面云山谁作主，数家烟火自为邻。路傍樵客何须问，朝市如今不是秦。"于谦《观书》云："书卷多情似故人，晨昏忧乐每相亲。眼前直下三千字，胸次全无一点尘。活水源流随处满，东风花柳逐时新。金鞍玉勒寻芳客，未信我庐别有春。"这两首诗也一样，独取前四句皆可成章，越往下读越觉得拖沓。

再如王勃《咏风》云："肃肃凉景生，加我林壑清。驱烟寻涧户，卷雾出山楹。去来固无迹，动息如有情。日落山水静，为君起松声。"此诗写风，写风之"如有情"。起写风生，"加我"是"如有情"。"驱烟""卷雾"是写风的姿态，但也是写"如有情"。而最"如有情"的一笔是末句，是"为君起松声"。回看，生凉、散浊、驱烟、卷雾，这些皆不过风之自然一面的"如有情"，"为君起松声"则深入至精神层面。这就是此诗越读越出彩的地方。《唐诗归》载钟云之论："只读末二句，知世人以王、杨、卢、骆并称，长为无眼人矣。"此论不错。王勃此诗实在不凡，非其他三位可及。再如王质《东流道中》（一作《晚泊东流》）云："山高树多日出迟，食时雾露且雾霏。马蹄已踏两邮舍，人家渐开双竹扉。冬青匝路野蜂乱，荞麦满园山雀飞。明朝大江送吾去，万里天风吹客衣。"此诗乃自写旅情。"山高"至"荞麦"数句，皆写途中见闻，笔势缓和，绘景也美。不意，一句"明朝大江送吾去，万里天风吹客衣"将诗的面貌焕然一新，且留下不绝寰的余味任人去思想。

张籍此诗，也属尾上出彩者，要循序慢读至尾，方见奥妙。

夜泊秦淮

杜牧

烟笼寒水月笼沙，夜泊秦淮近酒家。

商女不知亡国恨，隔江犹唱后庭花。

此诗写得很有意思。"烟笼寒水月笼沙"一句就有意思。月色朦胧，夜色迷离，江南水乡的旖旎与氤氲，叫这两个"笼"字一下就笼尽了。"寒水"，有人说是指作者的情绪。其实，该是指季节，非春寒，即秋寒。"夜泊"一句是"烟笼"一句的说明，也是补充，补充上句所见，是在舟行之中。依此，再回头来细味那"烟笼寒水月笼沙"之景，晃晃悠悠，迷迷糊糊，明明暗暗，真如入幻境一般。"近酒家"是下面一联的引子。恰因泊舟靠近酒家，才听到了商女隔江唱曲。"商女"，是靠卖唱为生的歌女。想来，在秦淮河上诸如这般谋生的女子定然不少。"隔江"一联，是有关靡靡之曲《玉树后庭花》的一个典故，大意是讲君主沉迷酒色而丢掉江山的事。刘禹锡《金陵怀古》《台城》中都曾用过此典。杜牧用在这里，意在责怨商女无知，不懂亡国及亡国之恨，为了一己温饱的小日子，整天只知道唱这般的非常之曲。"犹唱"二字，有讽刺，但更多是忧愤，还有些许习以为常与无可奈何。

杜牧对商女唱所谓的亡国之曲忧愤，而他指责商女唱所谓的亡国之曲也难免会惹读者气愤。国家兴亡，匹夫有责，话虽这么讲，但将亡国之咎归于类似商女的弱势群体身上，那千千万万拿俸禄吃皇粮的男人们又该置于何地？且不说别人，就诗人自己而言，不也拿着世家子弟的做派，整日间载歌载酒，风花雪月吗？

想起两件轶事：明朝达官龚孝升，纳妾秦淮名妓顾眉生。后明亡，龚孝升降清，受官。有人曾责问他，为何不殉难保节。龚孝升委屈兮兮说："我本欲死，奈小妾不肯何。"另一达官钱牧斋，纳妾秦淮名妓柳如是。当清军兵临城下时，柳如是劝他一同投水殉国。钱牧斋以手探水，唯唯诺诺说："水冷，奈何。"投诚就投诚吧，历来投诚者有之，并不多他一个，也不少他一个，找什么借口呀。

清代吴保初《乙巳游日本绝句》云："万顷云涛立海滩，天风浩荡白鸥闲。舟人那识伤心处，为指前程是马关。"此诗不论结构还是意思皆与杜牧这首《夜泊秦淮》相似，皆是以他人的不知与不识来衬托自己的爱国情怀。

回到本诗，有人替杜牧辩解，说诗之本意非责商女，而是借商女唱曲，间接讽刺不理国政的统治者及纸醉金迷的达官者。

"借"，也是借口，也是找理由的一种。大丈夫凡事担当，不推脱，才令人起敬。

九子坡闻鹧鸪

李群玉

落照苍茫秋草明，鹧鸪啼处远人行。

正穿诘曲崎岖路，更听钩辀格磔声。

曾泊桂江深岸雨，亦于梅岭阻归程。

此时为尔肠千断，乞放今宵白发生。

此诗写一旅人长途奔归而屡遇阻的哀苦。秋草黄，遇夕照，是为"明"。这句是背景。"鹧鸪啼处"点题并展开。"诘曲""崎岖"描绘道路曲折危险。"钩辀格磔"形容鹧鸪高亮婉转的啼声。"正穿"一句，讲旅人行进之艰难；"更听"一句，讲旅人闻鹧鸪声之凄苦。如此难上加苦的当口，一个"曾泊"牵开回忆，一个"此时"又收拢回来，笔墨收放之间把旅人所行之途一一遍数，亦把途上所闻鹧鸪声一一隐现。原来，旅人一路行来，一路闻"尔"而来，经江雨，历梅岭，到此"九子坡"，终于"闻"不得了，要"肠千断"了，鹧鸪之啼终于成了旅人"诘曲"归途的雪上霜。此诗之妙，妙在从半路起笔，牵前引后，读之令人遥想不尽。

鹧鸪啼声凄，且往往一鸟啼而众鸟和，叫声此起彼伏，漫山遍野，极易引发人的离愁别绪与羁旅思归之心。古来借鹧鸪咏怀的诗不少。他如韩愈《晚次宣溪》云："韶州南去接宣溪，云水苍茫日向西。客泪数行元自落，鹧鸪休傍耳边啼。"张籍《玉仙馆》云："长溪新雨色如泥，野水阴云尽向西。楚客天南行渐远，山山树里鹧鸪啼。"钱珝《江行》云："行到楚江岸，苍茫人正迷。只知秦塞远，格磔鹧鸪啼。"这些皆是从"闻鹧鸪"之"闻"的一面写旅情。李群玉此诗好在具体，其对鹧鸪"钩辀格磔"之声的描写，正可体现旅人"闻"之真切，"闻"之心绪烦乱，也就是"肠千断"。

《唐才子传》载："（李）群玉，字文山，澧州人也。清才旷逸，不乐仕进，专以吟咏自适。"实际中，李群玉亦不乏"仕"心。他与杜牧交好，杜牧曾劝他参加科考，但他"一上而止"，意思是考了一次没考中就再也没考。再后徒步至京，给皇帝献了三百首诗，得授弘文馆校书郎。四年后含冤归乡，郁闷而逝。又载："其格调清越，而多登山临水、怀人送归之制。"李群玉的诗题材很宽泛，民生、民风、民俗等都有涉及，确数"登山临水、怀人送归"之作最出色，尤抒写羁旅愁思一类。他如《湖寺清明夜遣怀》云："柳暗花香愁不眠，独凭危槛思凄然。野云将雨渡微月，沙鸟带声飞远天。久向饥寒抛弟妹，每因时节忆团圆。伤餐冷酒明年在，未定萍蓬何处边。"如《九日》云："年年羞见菊花开，十度悲秋上楚台。半岭残阳衔树落，一行斜雁向人来。行云永绝襄王梦，野水偏伤宋玉怀。丝管阑珊归客尽，黄昏独自咏诗回。"此二诗亦情感凄恻，笔法遒丽，实不输上诗。他的一些五言绝句也颇好读，如"客愁看柳色，日日逐春深。荡漾春风起，谁知历乱心"，如"孤灯照不寐，风雨满西林。多少关心事，书灰到夜深"，又如"山空天籁寂，水榭延清凉。浪定一浦月，藕花闲自香"。皆好，皆清秀拔俗。

早发

杜荀鹤

东窗未明尘梦苏，呼童结束登征途。

落叶铺霜马蹄滑，寒猿啸月人心孤。

时逆帽檐风刮顶，旋呵鞭手冻粘须。

青云快活一未见，争得安闲钓五湖。

　　此诗因所写是冬季出行，在古来诸多《早发》诗里算是很苦楚的一首。起得早也就算了，又霜路马滑，又猿啸不住，又逆风吹帽，又冻手冻须，难怪会有"青云快活一未见"的酸楚及"争得安闲钓五湖"之想。

　　杜荀鹤出身寒微，中年始中进士。之前为应试，之后为求官、游宦，他大多时间都在外奔波，且一出门行路，牢骚话就很多。如《江下初秋寓泊》云："蒙蒙烟雨蔽江村，江馆愁人好断魂。自别家来生白发，为侵星起谒朱门。也知柳欲开春眼，争奈萍无入土根。兄弟无书雁归北，一声声觉苦于猿。"此诗写尽一个想出人头地者的辛劳生涯。如《途中有作》云："无论南北与西东，名利牵人处处同。枕上事仍多马上，山中心更甚关中。川原晚结阴沉气，草树秋生索漠风。百岁此身如且健，大家闲作卧云翁。"又如《隽阳道中》云："客路客路何悠悠，蝉声向背槐花愁。争知百岁不百岁，未合白头今白头。四五朵山妆雨色，两三行雁帖云秋。输他江上垂纶者，只在船中老便休。"他一路行来，骂骂咧咧，牢牢骚骚，一边厌恶着，一边努力着。读这样的诗，人不免感慨，杜荀鹤之外的他人，很多时候也是这么哭笑不得且非常辛苦地活着。大家都一样。这也正是他此类诗好读的一面。

或许恰因总在路上奔波，所以杜荀鹤的诗也多见客居乡思一类。另如《闽中秋思》云："雨匀紫菊丛丛色，风弄红蕉叶叶声。北畔是山南畔海，只堪图画不堪行。"此诗之深意，在末尾的"只堪"与"不堪"二词里，此前所有热闹好看的描写，不过是"只堪"的内容与"不堪"的衬托，是杜甫笔下"月是故乡明"的婉转表达。此诗拣字用词颇有趣。"匀"，兼有涂、抹、点、画、绣等意，可又似还未列尽，其中之趣，好像只可意会。"弄"字也一样，兼有撩拨、逗弄之意，感觉很可爱，却又有些风情的东西含在里面。又如《旅舍遇雨》云："月华星彩坐来收，岳色江声暗结愁。半夜灯前十年事，一时和雨到心头。"阴云冷雨的夜里，一个人住在旅馆里睡不着，守着一盏灯，听着外面淅淅沥沥的雨声，思想起自己这些年的旧事，其中况味，真是一言难尽。

使至塞上

王维

单车欲问边，属国过居延。

征蓬出汉塞，归雁入胡天。

大漠孤烟直，长河落日圆。

萧关逢候骑，都护在燕然。

　　这诗的大概意思是讲一位使者慰边的事。"单车"一联，交代谁，去哪里，去干啥。"征蓬"一联，十个字，一"出"一"入"，万里征程，车辖辘下过。"大漠"一联，乃途上所见。"萧关"一联，则是抵达以后。整诗结构整齐，叙事清晰，可谓端正。

　　"大漠孤烟直，长河落日圆"是叫响全篇的一句。"大漠"，给人的感觉，视线无碍，茫茫一片。"孤烟直"，明是说烟，实际也是在强调茫茫之觉。"长河"，还是视线无碍，还是茫茫。"落日圆"，唯河面远阔，唯天地一线，方可见圆圆落日，可见还是在言茫茫。一个边塞茫茫，叫王维写得如此别致，又回味绵长，以至古今人士叫好不绝。有人谓此"雄浑高古"；有人谓此"不琢而佳";有人谓此"独绝千古,得未曾有"。

有不少人研究说,"大漠孤烟直"的"烟"所以"直",是因烽火燃的是狼烟,风吹不散。有的说,孤烟非烟,乃塞上旋风卷沙成柱。有的说,不过是天气良好,民居炊烟袅袅。细心想去,"孤烟"之"烟",大概并非狼粪燃起的烽烟。若是烽烟,作用是互通消息,不可能是"孤"。再者,烽烟的作用,一是报警,一是报平安,若是报警的烽烟,何以写得如此安闲?而报平安的烽烟,据学者考证,一般夜晚才燃,且主要靠火焰传递消息,人之目力,也看不到"直"。说是塞上旋风卷起的沙柱,也不可能。若是沙柱,何以说是"烟"?难道使者(或是王维)不辨烟沙?当然,也不太可能是民居炊烟。若是民居炊烟,也定不会"孤"。这般看来,唯有一种理解较为合理:即出塞的使者行路至傍晚,暂歇在某个戍楼或驿站,是戍楼或驿站燃起的炊烟。另外,由"孤烟直"与"落日圆"又可见塞上天气好,风平浪静。此风平浪静,既说气候,亦喻边事。说气候,"烟直"与"日圆"相互佐证;喻边事,下面的"逢候骑"佐证。总之,"直"与"圆"二字,用得甚绝妙;此二句,更是自然出自然的神工之句。

自然出自然,是源于自然又归于自然。前一个自然,是大自然的自然,是指事物或情感;后一个自然,则是不拘泥,不死板,是行云流水,是自然而然,指的是用笔。自然出自然,是作文的佳境。

王维的很多诗皆有自然出自然之意味。如《鹿柴》《书事》《白石滩》《竹里馆》,又如"天寒远山净,日暮长河急""日落江湖白,潮来天地青""地迥古城芜,月明寒潮广"。个个读来,个个好。

观猎

王维

风劲角弓鸣，将军猎渭城。
草枯鹰眼疾，雪尽马蹄轻。
忽过新丰市，还归细柳营。
回看射雕处，千里暮云平。

    王维的诗，空灵清逸者多，激荡热闹者少。此诗即后例。

    题为"观猎"，便在无形中预设了视角的距离感，使读者与诗人站在了同一点上，所以感觉也会同步。首联属倒戟句，切入不凡，既快又狠，轻巧营造出"先声夺人""引人入胜"的势态。若按"将军猎渭城，风劲角弓鸣"顺着来写，感觉就不太抓人。这种笔法用在写文章上也很可取。其中"风劲"与"角弓鸣"可独立理解，也可相互佐证来读。总之，在风之"劲"与角弓之"鸣"的烘托下，猎场上的紧张气氛也就油然而生。首联二句，也似突兀打开的摄影机镜头，忽扑而入一人一马一弓或几人几马几弓组成的定焦，下去二句则渐次"推"出了更为宏大的场景——"草枯""雪尽"是静景，交代了狩猎的时令；"鹰眼疾""马蹄轻"是动景，展现了狩猎的过程。前者，以鹰眼的迅疾暗示猎物的仓皇；后者，则意指雪融草软、挥鞭逐兽的畅快。前四句，似可独立成章，又似一气呵成。分开读，是一个个焦灼的小场面；合拢看，又成一幅奔腾的大气象。乍一读，似觉关乎狩猎的状况、得失什么都没详说；细再品，又觉得什么都详说了，也说尽了。如此不言而言尽，给人留下了无穷的想象空间。此诗的绝妙处，初读时人多会着意在上四句狩猎的紧张氛围里，细思方觉更绝妙处当数接下去的两联——一个"忽过"，叫人似见一支浩荡队伍拐过某个街巷进入了新丰市的某个酒铺。紧接一个"还归"，承转自如，又将吃饱喝足休息完毕的队伍从酒铺的长凳上"揪"起来，浩浩荡荡向所驻扎的细柳营地开拔而去……归途上，回首先前鹰翔马奔、兽声惨烈、人声沸腾的狩猎之地，瞬息间已是声消影尽、万籁俱寂，唯见暮云连天，渐次合围，夜色缓缓漫了上来……此处的极静与前番的极闹形成鲜明照映，颇有风卷残云的感觉。

总结此诗，开篇浓，煞尾淡，浓淡结合，意味深长。上四句热闹，下四句平静，静闹互衬，亦意味深远。例"劲"，例"鸣"，字里有余味。例"草枯"一联，乃句中有余味。例"回看""千里"二句，又乃篇末有余味。再论首、颔、颈、尾联的起、承、转、合，井然而不乏变化。这样看来，也就难怪清代沈德潜赞叹说：此诗"章法、句法、字法俱臻绝顶"。苏轼《书摩诘蓝田烟雨图》云："味摩诘之诗，诗中有画；观摩诘之画，画中有诗。"王维"画中"是否"有诗",因苦无留世之作,今人无福赏读;王维的"诗中有画",且不说别个,就此《观猎》足可为证。

苏轼有阕《江城子》,其中狩猎者那"左牵黄、右擎苍"的架势,狩猎队伍那"锦帽貂裘,千骑卷平冈"的气势,大可为王维此篇的注释。两篇放一块儿读,很有意思。

塞上吹笛

高适

雪净胡天牧马还，月明羌笛戍楼间。
借问梅花何处落，风吹一夜满关山。

盛唐的文学才子中，高适属于追求豪壮美的诗人之一。他三十岁之后有从军北燕的经历，所以写了不少战地之歌。比如这首《塞上吹笛》就很有名，读来有种苍茫开阔之感，虽然写的是思乡之情，却读不出旖旎愁怨来，而是充满了一种壮气。

此诗末二句，历来解读者有不同看法。有人说，是戍兵听到羌笛声，心里起了伤春怀乡的感情，所以眼里仿佛看见梅花落满了关山。此说略显牵强。实际上，"借问"一联就是把乐府曲牌《梅花落》拆开，或为了取巧，再则是为押韵，顺便取其意罢了。就其写法，类似李白《黄鹤楼闻笛》中"黄鹤楼中吹玉笛，江城五月落梅花"，不过写得没有李白巧妙，且有卖弄之嫌。就其意思，则是说月下笛声吹起，吹的是《梅花落》，笛声伴着风响彻关山外地域。而"一夜满关山"不仅是说笛声，也说笛声牵惹起关山外所有戍兵的思乡之情,这里并非是讲真有梅花飘落。李白另有《春夜洛城闻笛》云:"谁家玉笛暗飞声,散入春风满洛城。此夜曲中闻折柳,何人不起故园情。"李益有《夜上受降城闻笛》云:"回乐烽前沙似雪,受降城外月如霜。不知何处吹芦管,一夜征人尽望乡。"这几首诗的意思大致一样,最好当数李益一首。其中"月如霜"实际还是借用李白那首"床前明月光"的意思;"不知"也还是李白"谁家玉笛暗飞声"的意思,但是读来却觉得更胜李白句一筹。一胜在晓畅。再就诗情来讲,不似吼出,而是娓娓道出。

这三首诗中所使的乐器亦不同。有人研究过,说李白诗中的"玉笛"就是普通竹笛的美称。高适诗中的"羌笛"是四川羌族人吹的一种乐器,也叫羌管,也是用竹子制成,普通笛子是一管,羌管是两管并在一起,有数孔,竖奏。李益诗中的"芦管"则是用芦苇或芦苇一类的硬皮空心植物的茎所制,仅三孔,亦是竖奏,据闻其声不烈,但传之甚远,且音甚具悲感。想来,这芦笛倒与李益诗的意韵很般配,若将其置于高适的诗中,似就有些不熨帖了。

高适的边塞诗向来受人称赞,他还写过一些反映民生疾苦及讽时伤乱的作品。一些送别诗也很好读。如《送别》云:"昨夜离心正郁陶,三更白露西风高。萤飞木落何淅沥,此时梦见西归客。曙钟寥亮三四声,东邻嘶马使人惊。揽衣出户一相送,唯见归云纵复横。"诗人心里惦记友人的征程而夜有所梦,清早醒来欲相送却未送成,友人大概是害怕伤别,自己悄悄先走了,诗人此刻望着满天流云，心里是何等怅然。又如《送李少府时在客舍作》云："相逢旅馆意多违，暮雪初晴候雁飞。主人酒尽君未醉，薄暮途遥归不归。"写相送，偏以相逢说起，写自己不舍友人离去，偏道友人饮酒尚未尽兴而迟迟不去，如此心意，实可谓缠绵，如此语气，却又情致委婉。再如《别董大》云："千里黄云白日曛，北风吹雁雪纷纷。莫愁前路无知己，天下谁人不识君。"两个寒酸友相别，却无半点含酸语，豪迈得像要各自奔赴各自似锦的前程，如此送别诗，真是壮行的酒。此诗与《塞上吹笛》一样，写的虽是伤情，读来却很壮美。

白雪歌送武判官归京

岑参

北风卷地白草折，胡天八月即飞雪。

忽如一夜春风来，千树万树梨花开。

散入珠帘湿罗幕，狐裘不暖锦衾薄。

将军角弓不得控，都护铁衣冷难着。

瀚海阑干百丈冰，愁云惨淡万里凝。

中军置酒饮归客，胡琴琵琶与羌笛。

纷纷暮雪下辕门，风掣红旗冻不翻。

轮台东门送君去，去时雪满天山路。

山回路转不见君，雪上空留马行处。

　　此诗之好，在拟喻惊人。余下不读，只"北风""忽如"二联那种铺天盖地的感觉就令人惊讶不已。"即"，意非单纯的"就"，而是"一怎么怎么就"，暗含措手不及之意，也带有惊讶之意。"忽如"一词，用意是惊讶，用得也令人惊讶。"忽如"是什么？岂是"忽然如"？明明就是焉能，是怎么可能，是摸不着头脑的惊讶。惊讶，惊讶，还是惊讶，仍是惊讶，真是一开篇就叫人惊讶不已。此四句若单独成诗亦可为绝唱。苏轼《东栏梨花》云："梨花淡白柳深青，柳絮飞时花满城。惆怅东栏一株雪，人生看得几清明。"可见，岑参以梨花拟雪之句大概折服了苏轼，因而也借来巧用，以雪拟梨花，清清丽丽，青青白白，意味丝毫不逊岑参句。艺术源于生活，唯有实在生活作底，艺术才能动人；空想出来的东西，纵然动人，也是一时半会儿的，终究不经时。据说，岑参前后两次入幕府从军边塞，统共在边塞生活了十多年。可见"忽如"句是凝练之句。"散入珠帘"到"风掣红旗"几句，是讲雪天里边塞军人的生活及营帐的送别宴。其中分别以罗幕、狐裘、锦衾、角弓、铁衣等来渲染雪天的寒冷，后又以帐外的冰天雪地对照帐内的置酒欢送。雪花那个飘飘，酒肉那个饕饕，待到意酣曲罢人欲别时，只见军营的大门已半被雪封，军旗也冻成了冰旗，飞扬不起来了。总的来说，这几联还是在写"胡天八月即飞雪"一事，不过是细摹与强调。"轮台"一句，平平常常，自自然然，铺展得很开。"去时雪满天山路"一句，有了分别的情境，也是很好的情境。比起"渭城朝雨浥轻尘"里的雨柳依依，这"雪满天山路"的冷雪纷纷则使分别显得更为豪壮，有一种送人去腾达的感觉。最好的是"山回路转不见君"一联，此中"处"字虽有凑韵之嫌，然于全句来讲，倒也无大碍。此联毫不渲染，以实写实，可那曲曲折折的山路及雪地里一窝一窝的马蹄印，却将送别的情绪淡淡拘攒起来，又缓缓推送至远……

若去掉中间五联："北风卷地白草折，胡天八月即飞雪。忽如一夜春风来，千树万树梨花开。轮台东门送君去，去时雪满天山路。山回路转不见君，雪上空留马行处。"这样，开篇，惊讶煞人；结尾，又极耐回味，貌似很完美。当然，把像岑参这样的古诗词拿来改一改再读，只能作为读者阅读过程中的一种游戏。所谓快乐读书，各有奇招。实际生活中，别人的诗文可是不能随便乱改的，岑参这首诗也不能乱改，果若去掉中间五联，也就去掉了对边地苦寒的描写，去掉了"武判官归京"之令人羡慕的一面，去掉了依然留在此地却无机会归京的诗人的落寞，也就去掉了此诗的魂儿。

雁门太守行

李贺

黑云压城城欲摧，甲光向日金鳞开。
角声满天秋色里，塞上燕脂凝夜紫。
半卷红旗临易水，霜重鼓寒声不起。
报君黄金台上意，提携玉龙为君死。

　　李贺写诗，喜用奇怪的词，喜用奇怪的韵，喜将这种奇怪那种奇怪一股脑儿堆垛起来，人每一读，辄觉云山雾罩，一时找不着北。此诗便因写得"古怪"以致出现几种不同的理解。

　　一说：此诗讲的是一场战事。"黑云"一句，意即敌军人马众多，急急压城而来。"甲光"一句，是讲守城士兵披甲着盔，严阵以待。"角声"一句是听觉上的战争。"塞上"一句是视觉上的战争。下去"半卷"一句，意思是援军趁夜潜近，包抄上来。"霜重"一句，则喻秋寒夜战的形势不利与艰苦。尾一联，是借诗人的口吻，表战将之决心。二说：因"甲光向日金鳞开"一句有宋刻本为"甲光向月金鳞开"，如此，以上所解译的两军交战，就变成以下的中夜偷袭："黑云浓密，向城池这边压来。而后云过月出，现出一股戎装的军队。随后，进攻的号角在秋风里吹起，满地的燕脂草凝成紫色……"三说：诗中所写是一次虚拟的出征。一、二句写出征将士集结待发。三、四句写行军途中所闻所见。五、六句写以弱对强的战事展开。末二句写拼死杀敌，报效君王。此外，还有很多译本。

对于此诗，古来评价也迥异。有人说，此诗奇绝而华丽，奇绝在拟喻，以压城的黑云拟敌军的嚣张，借向日的甲光喻守军的雄姿；华丽则在想象，黑、红、金、玉等数色交织杂陈，把一场战事活活写成了一幅斑斓的画卷。有人则说，此诗的内容，前后矛盾重重，前面方说是黑云压城，后面接着又说向日甲光，实在说不通。有人又说，自己曾亲历过重兵围城的状况，真的就如黑云压城，所以此诗写得很逼真。等等。

好诗乃至好文章的首要要素，就是要人能读得通，读得懂。不论初学不初学，对于诗文而言，"清醒"始终都很重要。客观来论，李贺此诗之所以造成诸多分歧，就是犯了这毛病。想那李贺，到死才不过二十几岁，生活的厚重远未展开，写诗作词只像李商隐《李贺小传》里说的那样，全靠骑头驴子背个布袋四处寻去觅去，听着就觉得有意思。就以这首《雁门太守行》而论，估摸并非其亲历，也许是凭空想象而出，因而写来读来皆不"清醒"。

但李贺还是有不少好诗。如《题归梦》云："长安风雨夜，书客梦昌谷。恰恰中堂笑，小弟栽涧菉。家门厚重意，望我饱饥腹。劳劳一寸心，灯花照鱼目。"这首诗修辞平实，感情真切，就挺好。另外，他有些诗中的有些字句也会叫人眼前忽然一亮。如"晓凉暮凉树如盖"中的两个"凉"字，就很有趣。有些句子单独分列出来也十分朴素好看。如"况是青春日将暮，梅花乱落如红雨"，如"春水初生乳燕飞，黄蜂小尾扑花归"，又如"花枝草蔓眼中开，小白长红越女腮"。"小白长红"也是个奇怪的词，其表现手法大概等同于李清照的"绿肥红瘦"，是形容花朵白里透红，好看似佳人面庞。

题都城南庄

崔护

去年今日此门中，人面桃花相映红。

人面不知何处去，桃花依旧笑春风。

　　崔护这首诗很有名，几乎人人能随口吟诵。此诗是他踏春闲游时的遣兴之作，后有名孟棨者大概很喜欢，便据此杜撰出一则离奇"本事"来：说崔护入京赶考，清明日郊游，遇一人家，因口渴扣门求饮，有一女子开门邀其入内，沏茶设椅招待他，女子则"独倚小桃斜柯伫立，而意属殊厚，妖姿媚态，绰有余妍。崔以言挑之，不对，彼此目注者久之。崔辞去，送至门，如不胜情而入。崔亦睠盼而归，尔后绝不复至。及来岁清明日，忽思之，情不可抑，径往寻之。门院如故，而已扃锁之。崔因题诗于左扉。后数日，复往寻之……"

　　就诗论诗，此诗不过也是一首感时叹序之作，与白居易的"前日归时花正红，今夜宿时枝半空。坐惜残芳君不见，风吹狼藉月明中"所咏相近，白诗是叹时光易逝，崔诗则叹物是人非。且崔护写得颇具情致，前二句由今到昔来写，后二句又由昔到今来写，情绪转转折折，又不露痕迹。尤"人面桃花相映红"一句，既写出庄户人家的姑娘见了陌生人那副羞涩样子，也写出桃花的红艳烂漫，并借此暗喻姑娘年华美好，芳龄正盛。桃是我国本土物种，栽培历史达三千年以上。《诗经》云："桃之夭夭，灼灼其华。之子于归，宜其室家。"这大概是最早以桃花比兴美人姿容的诗。后来则有周弘正的"媸颜如美玉，妇色胜桃花"，陈叔宝的"红脸桃花色，客别重羞看"，陈子良的"春色照兰宫，秦女坐窗中，柳叶来眉上，桃花落脸红"等。再往后，以桃花或他花拟写美人颜色则几成俗滥。相比，崔护的"人面""桃花"妙在互喻，妙在情景交融，相映成趣。有了这"趣"的铺垫，下联"人面"不在的转折就显得很突兀，而"人面"不在"桃花"在的伤心事，古今大多数人或多或少大约都有经历，或者说大多数人都能由之引发同情，这也是这首诗能流传时久的原因。当然，孟棨所撰"本事"，也起了推波助澜之力。

贺铸有《定风波·卷春空》云："墙上夭桃簌簌红。巧随轻絮入帘栊。自是芳心贪结子。翻使。惜花人恨五更风。　　露萼鲜浓妆脸靓。相映。隔年情事此门中。粉面不知何处在。无奈。武陵流水卷春空。"此词上阕化自王建的"树头树底觅残红，一片西飞一片东。自是桃花贪结子，错教人恨五更风"。下阕则化自崔护的这首诗，借崔护诗中事情，抒发个人对时序变迁及物是人非的感叹。周邦彦有《瑞龙吟·大石春景》云："章台路。还见褪粉梅梢，试花桃树。愔愔坊陌人家，定巢燕子，归来旧处。黯

凝伫，因念个人痴小，乍窥门户。侵晨浅约宫黄，障风映袖，盈盈笑语。　　前度刘郎重到，访邻寻里，同时歌舞。唯有旧家秋娘，声价如故。吟笺赋笔，犹记燕台句。知谁伴，名园露饮，东城闲步。事与孤鸿去。探春尽是，伤离意绪。官柳低金缕。归骑晚，纤纤池塘飞雨，断肠院落，一帘风絮。"此词很有名，可谓周邦彦的代表作，写的也是故地重游见"桃花"依然而"人面"不在的惆怅。有人说，这阕词就是崔护《桃花》诗的"旧曲翻新"。就中"乍窥门户""秋娘""燕台"数语揣测，此词若果是"翻"作，所"翻"亦非崔护之诗，更似孟棨的杜撰。

题张十一旅舍三咏（其一）

韩愈

五月榴花照眼明，
枝间时见子初成。
可怜此地无车马，
颠倒青苔落绛英。

　　这是一首替人感叹不遇的诗。题中"张十一"即张署，他与韩愈是同僚，也是好友。唐贞元十九年（八〇三），二人同遭贬谪，贞元二十一年（八〇五），又一同遇赦，同赴江陵待命。这首诗大约作于二人贬谪期间。诗是唐诗中很常见的借物咏怀之作，所借是石榴花。石榴花是红色花卉中最耀眼的花，尤有绿叶相衬着，红得像火焰一样。花落后结果，数月乃熟。此诗前二句讲石榴花的盛放，后二句讲石榴花的凋落。"照眼明"一句，既写出石榴花的鲜艳，也暗喻张十一的耀眼才华。古诗中似此借居所之物赞美居所之主的不少。如韩愈另有《题张十八所居》云："君居泥沟上，沟浊萍青青。"这"萍青青"就是赞美张籍虽身处低处却性情高洁。张籍则有《过贾岛野居》云："青门坊外住，行坐见南山。"这"见南山"又是赞美贾岛有陶渊明般的淡泊情怀。而张十一旅舍前的石榴花，恰是韩愈对他这位旅主的侧面美誉。可惜这石榴花纵开得再"照眼明"，终因生在偏僻之地，而苦无人欣赏，以至默默凋落一地。有"照眼明"一句比衬，"落绛英"一句中的惜怜之情就更显浓烈。此诗想表达的意思很明了，就是诗人替张十一发牢骚，叹他空有满腹才华，却遭朝廷贬谪。写这首诗时，韩愈也在贬途上，若将此诗理解成诗人自叹不遇也未尝不可。

古来此类诗不少。如李群玉有《叹灵鹫寺山榴》云："水蝶岩蜂俱不知，露红凝艳数千枝。山深春晚无人赏，即是杜鹃催落时。"李儿龄有《山舍南溪小桃花》云："一树繁英夺眼红，开时先合占东风。可怜地僻无人赏，抛掷深山乱木中。"刘泰有《秋茄》云："傍叶依花紫实圆，天生佳味压肥鲜。如何秋晚无人采，老在凉风白露边。"徐渭有《题墨葡萄图》云："半生落魄已成翁，独立书斋啸晚风。笔底明珠无处卖，闲抛闲掷野藤中。"这些诗大体味同，都有自叹不遇的意思，也都是借物说话。

借物说话，即把所要表达的意思含蓄其中，这是古诗常见之法。韩愈似尤喜此法。这组《题张十一旅舍三咏》中的另外两首表达的方式与意思大致也一样。一首咏井云："贾谊宅中今始见，葛洪山下昔曾窥。寒泉百尺空看影，正是行人渴死时。"一首咏葡萄云："新茎未遍半犹枯，高架支离倒复扶。若欲满盘堆马乳，莫辞添竹引龙须。"前者是借咏井水，感叹胸有才华之人被埋没底层

不能济世；后者是借咏葡萄，感叹有才而无人援引，以至"新茎未遍半犹枯"。韩愈就连写文章也喜借物说话。比如他在《杂说》里说马："世有伯乐，然后有千里马。千里马常有，而伯乐不常有。""策之不以其道，食之不能尽其材，鸣之而不能通其意"者，"其真不知马也"。这马，和以上的井、葡萄及石榴花的角色何其相似。

题李凝幽居

贾岛

闲居少邻并，草径入荒园。

鸟宿池边树，僧敲月下门。

过桥分野色，移石动云根。

暂去还来此，幽期不负言。

贾岛是"苦吟诗人"。所谓"苦吟"，即他行坐间皆在琢磨写诗的事，且为"吟安一个字"大约要"拈断数茎须"。据闻，某日他骑驴行路时忽得"鸟宿池边树，僧敲月下门"一联，却总不能确定后句中该用"推"还是"敲"，就在吟哦"推""敲"之际偶遇巡街的京兆尹韩愈，韩愈认为该舍"推"用"敲"，因"敲"字能产生声美，又显得有礼，于是成就了此诗。

初读此诗者大概也会觉得"敲"字用得确实不错，不过细究其诗意梗概并反复吟诵后就会发现，贾岛原句中的"推"字用得亦不失其妙处。一则古之门扉多为木质，"推"之会有吱吱扭扭的声音，不低不噪，不生硬死板，恰恰好，静夜明月下听去倒委实比那"敲"击而出的声音更具美趣；二则贾岛是去访友，既非初遇，还言再来，亦自该是草径幽园，轻车熟路才不失彼此友谊之深无忌惮，若用"敲"字，反倒略显彼此间生疏与客气了；再则其友是隐者，"幽居"僻地，万一住的是茅屋篱门，矮矮篱门又未扎未拴，若"敲"来倒有些矫情了。当然，如此理解的前提是，"僧"非他僧，是诗人自己。

贾岛还有首《忆江上吴处士》云："闽国扬帆去，蟾蜍亏复圆。秋风生渭水，落叶满长安。此地聚会夕，当时雷雨寒。兰桡殊未返，消息海云端。"关于此诗也有一则故事。《唐才子传》载：贾岛"行坐寝食，苦吟不辍。尝跨驴张盖，横截天衢，时秋风正厉，黄叶可扫，遂吟曰'落叶满长安'，方思属联，杳不可得。忽以'秋风吹渭水'为对，喜不自胜。因唐突大京兆刘栖楚，被系一夕，旦释之"。此事听来尽比以上"推敲"之典更叫人忍俊不禁。古来因吟诗被绑一夜者，大概贾岛是第一人。诗中"秋风"二句可谓对仗自然，妙语天成。贾岛为此二句吃些苦头，也算不辜负。此二句若嵌入原诗中读，有感时叹季之好，与"当时雷雨寒"形成今昔对照，能完美体现出诗人思友念友之深切心。若单摘出来读，仅一"叶满"城、一"风吹"水就是一派意境苍阔的壮美气象。可见，贾岛不仅可"推敲"出好诗句，也能"推敲"出好景致来。

话说贾岛因吟诵"推敲"之句偶遇韩愈后便受教于韩，后来好不容易谋了个官职，却遭受排挤，一再被贬，活到六十多岁病逝。

咏怀篇

咏瓢

张说

美酒酌悬瓢，真淳好相映。

蜗房卷堕首，鹤颈抽长柄。

雅色素而黄，虚心轻且劲。

岂无雕刻者，贵此成天性。

张说是唐朝开元名相，封燕国公，极擅文辞，当时朝廷重要文告多出自他与苏颋之手，苏颋袭封许国公，二人并称"燕许大手笔"。从这首咏物小诗，可看出他使用文字的功力，仅以数十字便将"瓢"的功用、形态、颜色、质地等绘尽，读着还很优美。

瓢是一种葫芦制品。葫芦中有名曰匏者，腹大，有颈，是制瓢佳选。老乡称其"瓢葫芦"，过去年间常种，或院间，或园中，一种几架。葫芦成熟后，摘下，以利器解作两半，去瓤，风干，即成瓢。有地方叫"舀子"，盛水就叫"水舀子"，盛面就叫"面舀子"。瓢平日常在瓮水上浮着，若有谁渴了，握住瓢颈沉下去，舀得水，喝罢，随手一丢，瓢就在瓮水上悠忽忽晃几下，就又静浮着不动了。《诗经》云："笃公刘，于京斯依。跄跄济济，俾筵俾几。既登乃依，乃造其曹。执豕于牢，酌之用匏。食之饮之，君之宗之。"此中"酌之用匏"的用法与张说所说"美酒酌悬瓢"无大差别。

远古时代物质匮乏，以瓢盛酒喝似是无奈。无奈之外，倒也比使樽使杯多了痛快。韦应物《简卢陟》云："可怜白雪曲，未遇知音人。恓惶戎旅下，蹉跎淮海滨。涧树含朝雨，山鸟哢余春。我有一瓢酒，可以慰风尘。"同样是邀人喝酒，韦应物邀失意的卢陟喝就必得使"瓢"感觉才足以"慰风尘"，而闲适如白居易邀刘十九喝就只能是"能饮一杯无"，若换作"能饮一瓢无"那就不是白居易了，成了梁山汉子。《水浒传》"智取生辰纲"一回中那七个还未上梁山前的汉子装成枣贩子欲买挑酒贩子的酒喝，"那挑酒的贩子便道：'卖一桶与你不争，只是被他们说的不好。又没碗瓢舀吃。'那七人道：'你这汉子忒认真！便说了一声，打甚么不紧？我们自有椰瓢在这里。'只见两个客人去车子前取出两个椰瓢来，一个捧出一大捧枣子来。七个人立在桶边，开了桶盖，轮替换着舀那酒吃，把枣子过口。无一时，一桶酒都吃尽了……"此中"椰瓢"，想是用椰子壳做的瓢。梁山汉子使瓢，大口喝酒，大口嚼枣，那才绝配，可谓"真淳好相映"。古岭南人亦使椰瓢。明代汪广洋《岭南杂咏》云："石鼎微熏茉莉香，椰瓢满贮荔枝浆。木棉花落南风起，五月交州海气凉。"石鼎煮茶，椰瓢舀酒，古岭南人亦雅甚。不过，此诗深处的意思是写汪广洋遭人奏劾迁谪岭南的心情，其中一句"五月胶州海气凉"可见端倪，而他"椰瓢满贮荔枝浆"的味道大约同韦应物邀卢陟来喝的那"一瓢酒"的味道是一样。

张说咏物诗写得好，另一些写客居旅情的诗也很好。如《蜀道后期》云："客心争日月，来往预期程。秋风不相待，先至洛阳城。"如《正朝摘梅》云："蜀地寒犹暖，正朝发早梅。偏惊万里客，已复一年来。"又如《深渡驿》云："旅泊青山夜，荒庭白露秋。洞房悬月影，高枕听江流。猿响寒岩树，萤飞古驿楼。他乡对摇落，并觉起离忧。"尤末首，景语用得极好。试想，任一旅人身处仲秋凉月下的驿楼中，耳闻江流哗哗猿鸣嗷嗷，起看萤火闪闪落叶簌簌，焉能不起离忧。

辛夷坞

王维

木末芙蓉花，山中发红萼。
涧户寂无人，纷纷开且落。

周汝昌先生曾论苏轼词："手笔的高超，情思的婉转，使人陶然心醉，使人渊然以思，爽然又怅然。一时莫名其故安在。继而再思，始觉他于不知不觉中将一个人生的哲理问题，提到了你的面前，使你如梦之冉冉惊觉，如茗之永永回甘……"周先生此番妙论，用在王维的某些诗上也熨帖。王维的有些诗虽少有婉转的情思"使人陶然心醉"，却常常诗中有景、句中有画，且景画之境每每清净绝尘到"使人渊然以思，爽然又怅然"。比如"明月松间照，清泉石上流"，比如"雨中山果落，灯下草虫鸣"。他的有些诗则有一些"人生的哲理问题"隐约其中，叫人读之"如梦之冉冉惊觉""茗之永永回甘"。比如"人闲桂花落，夜静春山空"，比如"行到水穷处，坐看云起时"，又比如这首《辛夷坞》。

此诗是王维辋川诸题之一。辛夷坞是辋川中的一片谷地，因盛产辛夷而得名。辛夷是落叶乔木，花红、紫二色，开在枝端，花苞形貌似笔头。此诗上联写辛夷花开，下联写辛夷花落。两联，两境。上联是一番昌盛之境，下联是一番幽静之境。其中"木末""芙蓉花""发红萼"几词写尽辛夷花的性貌色态，"开且落"三字写明花期短促，也写尽花的一生，"纷纷"二字则写出其怒放的闹与凋败的静。"涧户"五字看似最不相干，却是最好的一句，是上下两联的背景。若无此句作设，前联所言，就未见得好，后联所言，也就更无甚意味。最好且最令人"如梦之冉冉惊觉，如茗之永永回甘"的是"纷纷"一句。此句诠释了一种极好的生命状态，即静静活着，于世之边缘，远离热闹，远离参照，远离所谓的成败，远离一切鄙夷、赞美、讨好，经历属于自己的春秋，领受属于自己的霜雨，不争不骄，无舍无怨，该怒放就怒放，该败落就败落，默默经营自己，经历自己，完成自己。王维晚年隐居于辋川，唯茶铛、药臼、经案、绳床相伴，活得像极了他笔下的辛夷花。

　　张九龄有《感遇》诗云："兰叶春葳蕤，桂华秋皎洁。欣欣此生意，自尔为佳节。谁知林栖者，闻风坐相悦。草木有本心，何求美人折。"此诗意思与王维诗意类同。王维是个骄傲的人，他很少行干谒事，却曾给张九龄投过干谒诗，并在诗中很中肯地赞美张九龄的为人处世。由此二诗所流露出的思想，大概可推想见二人之意气相投。

渌水曲

李白

渌水明秋月，南湖采白蘋。
荷花娇欲语，愁杀荡舟人。

古来咏荷花诗词多不胜数。李白这首诗写荷花，妙到毫巅，
一句"娇欲语"，写尽月下荷花的风情。这句是拟人手法，"欲"
字用得绝好。人也好，拟作人的花也好，欲语不语，最摄人魂魄。
范成大有《立秋后二日泛舟越来溪三绝》之一云："西风初入小
溪帆，旋织波纹绉浅蓝。行入闹荷无水面，红莲沉醉白莲酣。"这
首诗写荷花的静态，也可爱。周邦彦有词句云："叶上初阳干宿
雨，水面清圆，一一风荷举。"此则写出荷花的俏皮，也不错。不
过，似皆好不过李白的"娇欲语"。李白另有咏西施诗句云："西
施越溪女，出自苧萝山。秀色掩今古，荷花羞玉颜。""荷花娇欲
语"是用人的神态来比喻花的好，"荷花羞玉颜"又是用荷花的
颜色来比喻人的好。李白将人与荷花的角色玩转得极妙。

"愁杀荡舟人"一句，是承"荷花娇欲语"而言。《唐宋诗

醇》里说："末句非有轶思，特妒花之艳耳。"《唐诗合选详解》里说："采蘋而忽见荷花之娇艳，因转而为愁，盖妒其艳也。"妒，也是喜爱的一种表现。但"愁杀"中所含，似并非只此一种情绪。《诗式》里说："首句先叙时景，见水月入秋，愈臻清澈，盖为泛舟点染。二句设为采蘋，以寄秋意，起下荡舟之人。三句本为采蘋而见荷花，系从劳面烘托；荷花又娇如欲语，系从生情。四句'愁杀'二字，所谓如顺流之舟矣。'荡舟人'对上'荷花'，'愁杀'对上'娇欲语'，此盖心有所属，情不能已，而有所托也。"此论不谬。

除了李白的"荷花娇欲语"，古来写花还有很多好句。如王安石《木芙蓉》云："水边无数木芙蓉，露染燕脂色未浓。正似美人初醉著，强抬青镜欲妆慵。"这首诗把临水而立的木芙蓉写成初醉懒化妆的美人也极有妩媚态。朱熹《早梅》云："霜风殊未高，杖策荒园里。仙子别经年，相看共惊喜。"此中一个"共"字，写出梅花的脉脉情致。朱敦儒《眼儿媚》咏瑞香花云："青锦成帷瑞香浓。雅称小帘栊。主人好事，金杯留客，共倚春风。不知因甚来尘世，香似旧曾逢。江梅退步，幽兰偷眼，回避芳丛。"其中"退步""偷眼"也写出两花的神情，不过主观意愿太浓，尤那般贬言幽兰，爱兰花的人大概都不会服气。《广群芳谱》里写紫薇花云："一枝数颖，一颖数花。每微风至，夭娇颤动，舞燕惊鸿，未足为喻。"此"夭娇颤动"更是写活了紫薇花，且风情迷人，堪比李白"荷花"句。

望岳

杜甫

岱宗夫如何，齐鲁青未了。

造化钟神秀，阴阳割昏晓。

荡胸生层云，决眦入归鸟。

会当凌绝顶，一览众山小。

汪曾祺先生在《泰山片石》里说，描写泰山很难，它太大了，写起来没有抓挠。说汉武帝登泰山封禅时就对泰山"无抓挠"，只好发出一连串"高矣，极矣，大矣，特矣，壮矣，赫矣，惑矣"的感叹。如此，也就不难理解杜甫初见泰山何以曰"岱宗夫如何"了。"夫如何"即"无抓挠"，即不知如何是好，即惊讶，即感动。"夫如何"一句虽是设问，但更该以感叹的情绪来理解。杜甫站在泰山脚下，所见一目了然，只能像刘彻那样情难自禁地感叹。"齐鲁青未了"一句，意同《诗经》所云"泰山岩岩，鲁邦所詹"，此中既有空间阔度，又有时间纵度，是极言泰山之老大。"造化""阴阳"二句是继开笔总括泰山的高大之后又从宏观上赞其秀丽与峻峭，其中"钟""割"二字用得颇好，赋予了泰山生命与人情。"荡胸""决眦"二句则是从外围景物来渲染泰山，此二句亦是点题句，意思是由远及近地"望"，由面及点地"望"，"望"山、"望"云、"望"鸟，直"望"到眼珠子都快掉出来了。这般望着，望着，诗人心中便暗暗升腾起了强烈的愿望——"会当凌绝顶，一览众山小。""会当"，是该当，是势必，是一定。

　　杜甫写此诗时，正值二十四五岁年纪，未来生活皆在美好憧憬之中，由此亦可见出其彼时的豪情与抱负。于此稍后些时，他还写过一首《画鹰》云："素练风霜起，苍鹰画作殊。㧑身思狡兔，侧目似愁胡。绦镟光堪摘，轩楹势可呼。何当击凡鸟，毛血洒平芜。"一首《房兵曹胡马》云："胡马大宛名，锋棱瘦骨成。竹批双耳峻，风入四蹄轻。所向无空阔，真堪托死生。骁腾有如此，万里可横行。"都是借物咏怀之作，风格也一样，皆可谓满含豪情壮志。然这样的诗一读就知是年轻人手笔，也较适合年轻人来读。人到中年，读这样的诗总会有很多极煞风景的想法。比如上诗中"会当"一句，若作志向看，很豪气。但放在行动上，就难了。人这一生，需付出的努力很多，受制约的因素也很多，这一点，常人多会忽略，杜甫大概也未预想到。写此诗前后，杜甫第一次参加进士考试，落第。若干年后，再次应试，又因一场科举闹剧没考中。之后，他四处游历。一直到四十岁时，方因几篇歌功颂德的文章令帝王青眼有加。四十四岁上，才得一八品小官儿。可官儿没当几天，"安史之乱"爆发，杜甫苦难的后半生，就此开始。

茅屋为秋风所破歌

杜甫

八月秋高风怒号，卷我屋上三重茅。

茅飞渡江洒江郊，高者挂罥长林梢，下者飘转沉塘坳。

南村群童欺我老无力，忍能对面为盗贼。

公然抱茅入竹去，唇焦口燥呼不得，归来倚杖自叹息。

俄顷风定云墨色，秋天漠漠向昏黑。

布衾多年冷似铁，骄儿恶卧踏里裂。

床头屋漏无干处，雨脚如麻未断绝。

自经丧乱少睡眠，长夜沾湿何由彻。

安得广厦千万间，大庇天下寒士俱欢颜，风雨不动安如山。

呜呼，何时眼前突兀见此屋，吾庐独破受冻死亦足。

　　此诗写的是风雨中茅屋几被摧毁的窘境，是对战乱中四处流寓的杜甫一家生活的真实写照。

　　诗分四节，又似四个画面："八月"起为一节，写狂风肆虐卷茅过江，其中又是"飞"又是"洒"又是"挂罥"又是"飘转"，可见其声势，依此声势又可见诗人的焦灼心情。这几句读下来，令人眼前分明看见一瘦老头儿，拄着一木杖，于风中趔趄行进。"南村"起为一节，写孩童们在风的狂袭后又抱走了四处散乱的茅草，诗人借自嘲写出无奈，以可笑写出可怜。依此一节，也可看出杜甫是个憨厚老实的老头儿。"俄顷"起为一节，写风定了，雨来了，亦是写窘境的升级，情绪的递进。"布衾"一联是写实之句，十分贴近生活。凡是过去农村贫家里长起来的人，一定体会过"布衾"经多年使用板结发硬后盖在身上"冷似铁"的感觉，也一定懂得"踏里裂"是个什么概念。此中之贫窘与无奈，非三言五语可道尽。"安史之乱"所致民不聊生，本就令人忧心不已，偏又屋破逢夜雨，布衾还冷似铁，此即杜甫彼时的境况，大约亦是彼时天下百姓的生活境况。杜甫处在如此境况中，由己及人，也就自然而然生出了"安得"之愿。"呜呼"一句，则可见这祈愿的强烈，感人。

屋漏偏逢雨，是杜甫彼时的真实写照，亦是他整个后半生的真实写照。

杜甫自"安史之乱"后开始的避乱生活，从渭北、同谷、成都、戎州、渝州、忠州、云安、夔州、江陵、公安、岳阳、潭州、郴州一路辗转，直到折返潭州，病逝在由潭州往岳阳的一条小船上。想来，若无风雨破屋这样的事发生，杜甫在成都草堂的那段日子可算得最好的日子。草堂虽是友人赞助，也简陋，然环境似很清幽。依杜甫自己讲："舍南舍北皆春水，但见群鸥日日来。"杜甫住在草堂时，心情大约也较为安闲快乐，也写了很多愉快的诗，如"黄师塔前江水东，春光懒困倚微风。桃花一簇开无主，可爱深红爱浅红""黄四娘家花满蹊，千朵万朵压枝低。留连戏蝶时时舞，自在娇莺恰恰啼"。最温馨的一首是《江村》："清江一曲抱村流，长夏江村事事幽。自去自来堂上燕，相亲相近水中鸥。老妻画纸为棋局，稚子敲针作钓钩。多病所须唯药物，微躯此外更何求。"和老妻下下棋，和孩子们钓钓鱼，得空看看书写写诗，或到周边悠闲地散散步，这样的生活，除去偶为风雨袭扰外，在杜甫来讲，似已很满足了。这样的生活前后大约享了四年，后因各种不得已的缘由，杜甫只得携家带口离开成都。不久，草堂便倾毁了。

见萤火

杜甫

巫山秋夜萤火飞，帘疏巧入坐人衣。

忽惊屋里琴书冷，复乱檐边星宿稀。

却绕井阑添个个，偶经花蕊弄辉辉。

沧江白发愁看汝，来岁如今归未归。

古来咏萤之作不少。周紫芝诗云："月向寒林欲上时，露
从秋后已沾衣。微萤不自知时晚，犹抱余光照水飞。"一个"犹
抱"，将虫的不知觉与诗人的自寻烦恼对照托出。前者虽是小虫，
却活得忘我，后者是人，倒活得凄然，境界高下，一眼而见。罗
邺诗云："水殿清风玉户开，飞光千点去还来。无风无月长门夜，
偏到阶前点绿苔。"此是咏萤诗里甚可爱者，萤"点绿苔"的可
爱恰比照出了"长门夜"里人的寂寥。周繇诗云："熠熠与娟娟，
池塘竹树边。乱飞同曳火，成聚却无烟。微雨洒不灭，轻风吹欲
燃。旧曾书案上，频把作囊悬。"此则算是萤的说明书。最煞风景
者是虞世南的"的历流光小，飘摇弱翅轻。恐畏无人识，独自暗

中明"，此实乃以人心度物心之作。

萤发光，是体内磷化物经某种酵素作用的结果。萤发光，并非恐人不识，而是为防御、诱捕、辨认或求偶。就求偶而言，雄萤在飞行中发光，伏于草丛间的雌萤（雌萤无翅，不会飞）发光以回应，如此你来我往，直到彼此确定位置，甄定心意，雄萤寻到雌萤，有情人终成了眷属，甜蜜的爱事开始。萤是一年一代的生物，幼虫秋冬蛰伏土中可达十月之久，春暖后蛹出土，蛹成成虫后，少则五六天，多则二十天，就死了。盛夏及初秋季，萤的活动较密集，此时见萤，也就意味着夏尽秋来。基于此，古人也爱借萤感时叹序。比如杜甫此诗。

此诗作于唐大历二年（七六七），杜甫寓居夔州。诗以"见"萤起兴，言其山间飞，言其入帘飞，言其檐前飞，言其井阑边飞，言其花心里飞；言其自外而内飞入屋里落在人衣上的亲切，言其忽觉屋内"琴书冷"又转飞出去的疏远，言其绕井照水飞时一萤双影的淘气及闪入花间飞时光耀花蕊的有趣。萤一路而飞，牵引的却是杜甫叹秋思归的情绪——他见萤飞，知秋至，想想自己年已五十六，白发两鬓，生命似秋萤，入了残年，也不知来年此时回不回得去故乡。想来，夜下萤飞，小小青光随凉风上上下下，远远近近，明明暗暗，捉摸不得，又飘忽不定，的确扯惹人的情怀，况乎客身的杜甫。掐指算算，自乾元二年（七五九）离乡逃荒始，自大历二年流寓夔州，杜甫携家带口在外飘荡已有八九年了，彼时的他，生活困顿，多病缠身，又辗转迁徙不断，单大历二年一年，就迁居四地，真不容易。

杜甫还有首《萤火》云："幸因腐草出，敢近太阳飞。未足临书卷，时能点客衣。随风隔幔小，带雨傍林微。十月清霜重，飘零何处归。"此诗即作于乾元二年，也就是他逃荒初年。有人说："此萤火乃刺阉人（彼时的当权者）也。首言种之贱，次言性之阴。三四近看，见其多暗而少明。五六远看，见其潜形而匿迹。末言时过将销，此辈置身无地矣。"这样的读诗法，疑是强作解人。此诗实际与上诗一样，皆以萤为介质，所达情绪亦大抵相类。或者说，上诗即此诗的细说。不同的是，上诗重在言思归，是直言；此诗重在言飘零，是曲言。

直言也好，曲言也罢；从飘零感，至思归念，萤在杜甫笔下愈形象生动，愈欢快可爱，"照"出他漂泊在外的苦难也就愈沉，思归不得的悲凉也就愈深。"沧江白发愁看汝，来岁如今归未归。""来岁"，即写下这首《见萤火》的第二年，杜甫离开夔州，本欲就此一径北归，却碍于贫困、战乱、水患，不得已在衡州与潭州间来来回回，兜兜转转……

衔鱼翠鸟

钱起

有意莲叶间，
瞥然下高树。
擘波得全鱼，
一点翠光去。

这首诗是钱起《蓝田溪杂咏二十二首》之一。此诗状鸟，可谓无附会，无命意，纯白描，妙极。妙且妙在一态接一态，态态传神——先是"有意"，继而"瞥然下"，接着"擘波"，随即得鱼"去"，前后不过二十字，却将小鸟声色、意态、风采绘尽，也将人的想象力一把攥住，导开，诱远，令人读来琢磨不尽，回思不已，甚是有趣。

钱起似颇喜鸟儿，他不唯翠鸟写得好，别个鸟儿写得亦好。如《戏鸥》云："乍依菱蔓聚，尽向芦花灭。更喜好风来，数片翻晴雪。"如《田鹤》云："田鹤望碧霄，舞风亦自举。单飞后片雪，早晚及前侣。"如《晚归鹭》云："池上静难厌，云间欲去晚。忽背夕阳飞，乘兴清风远。"
个个读来，个个有趣，个个有
钱氏摹物之风范。

　　翠鸟着实是可爱的鸟
儿，蓝衣栗裳红腿腿，喙利
如剑，双目似豆，叫起来清脆
好听。它"瞥然下高树"时极
敏捷，"擘波得全鱼"时很昂然，
"一点翠光去"时则甚是潇洒，最可爱
是"有意莲叶间"时，望着像个戴笠渔翁。

　　古人很喜欢翠鸟，常以其羽毛做首饰或装饰帷帐。古人歌咏
翠鸟的诗也不少。比如蔡邕《翠鸟》云："庭陬有若榴。绿叶含
丹荣。翠鸟时来集。振翼修形容。回顾生碧色。动摇扬缥青。幸
脱虞人机。得亲君子庭。驯心托君素。雌雄保百龄。"翠鸟因羽毛
艳丽常遭人捕杀，此诗表达的是怜惜爱护之情。张九龄《感遇》
云："孤鸿海上来，池潢不敢顾。侧见双翠鸟，巢在三珠树。矫
矫珍木巅，得无金丸惧。美服患人指，高明逼神恶。今我游冥冥，
弋者何所慕。"此是寓言诗，以鸿自比，以翠鸟讽喻伪善奸诈的
人。梅尧臣《往东流江口寄内》云："巢芦有翠鸟，雄雌自相求。
擘波投远空，丹喙横轻鲦。呼鸣仍不已，共啄向苍洲。而我无羽
翼，安得与子游。"此诗是以翠鸟双飞表达思妻之情……最叫人难
忘的好像还是钱起笔下那只。

江雪

柳宗元

千山鸟飞绝，万径人踪灭。
孤舟蓑笠翁，独钓寒江雪。

　　此诗主角是独钓的老翁，开笔却不直提老翁，而像写散文一样先铺陈。千山……鸟飞绝，万径……人踪灭。十个字，两句话，铺陈出一个寒荒至极、死寂至极的白茫茫大雪天地。接着仿若摄影机聚焦似的，小舟才见，老翁才见，老翁披着蓑衣蹴在小舟上独钓的身影才见。且有这片寒荒死寂的茫茫天地作底，老翁独钓这事就颇耐玩味。有人说，寒江风雪中，老翁一竿在手，真悠然也。有人说，人绝鸟稀天里，老翁披蓑衣而傲然独钓，实乃奇士也。清代朱之荆《增订唐诗摘钞》里讲，"寒江鱼伏，钓岂可得"，"如可得鱼，钓岂独翁哉"，可见"此翁意不在鱼"。此翁意不在鱼，在乎山水间？不太可能。试想，有心情在"千山鸟飞绝，万径人踪灭"的寒天雪地跑出来赏"山水"的人大多都是像明人张岱那般的富贵有闲者，况张岱某个寒冬腊月往西湖湖心亭看雪，那也是领着家童，穿着"氍衣"，拥着"炉火"去的，若让他只穿个蓑衣，戴个斗笠，怕也会嫌冷不去。对于像"蓑笠翁"这样的贫者而言，若非饥寒所迫，谁不愿待在家里而跑到寒天雪地里去找冻。那么，"此翁意不在鱼"，又不在山水，究竟为何？

柳宗元是个很有才学的人。他出身世家，从小志大，"颇慕古之大有为者"，二十一岁中进士，二十六岁通过博学宏词科试，出任集贤殿书院正字，二十九岁任京兆府蓝田县尉，三十一岁任监察御史里行，三十三岁任礼部员外郎。几年光景，连升数级，仕路若如此一帆风顺走下去，他真就前途无量了。不过很可惜，写这首《江雪》时，他已因所归属的政治集团革新运动失败而被贬永州。谪居永州期间，他"身编夷人，名列囚籍"，无公俸，无居所，借宿于破庙，还几遭大火，老母病逝，少见亲友书信，常有瘴疾缠身，出则遇蜂遇蛇，入则无子无妻，最惨的是，"纵逢恩赦"，他也"不在量移之限"。也就是说，永州的谪居生活于他而言，苦涩难挨，晦暗无期。彼时的柳宗元，是孤独的，是无助的，是艰难的，也是迷茫的。如此，复观诗中"鸟飞绝"的"千山"与"人踪灭"的"万径"及孤零零在寒江中垂钓的"蓑笠翁"，其中况味，似颇合他彼时的心境。若依此大致去理解，钓翁即诗人自寓，遂"此翁意"就在鱼，他钓的是鱼，钓的是被生活所迫至极境的孤独、无助、艰难与迷茫，钓的是与此诸般倔强的抗争，钓的是那点对生活还未绝的希望……然，惜乎"寒江鱼伏"。

　　江寒无鱼，钓也白钓。人终究强不过现实。柳宗元谪居永州十年。十年后，被召回朝，本以为是峰回路转，不意，眨眼间又被贬到了柳州。三年后，那个"独钓寒江雪"的"蓑笠翁"，未能抗争过生活，病卒异乡，终年四十七岁。

　　唐僧释德诚有《拨棹歌》云："千尺丝纶直下垂，一波才动万波随。夜静水寒鱼不食，满船空载月明归。"这首诗里有随缘度日的态度，与柳宗元诗可比读。

柳州二月榕叶落尽偶题

柳宗元

宦情羁思共凄凄，春半如秋意转迷。
山城过雨百花尽，榕叶满庭莺乱啼。

古人的很多诗，是先写景，后引入情。所谓触景生情，顺理成章。此诗则不同，开笔即写情，直言胸臆，往下各句，层层写景，层层递进，景语无声，却愈来愈强烈有力，由此反证胸臆，像"返景入深林"一样，令主旨越发鲜明。

榕树是南方植物，冬天树叶不凋，仲春萌新芽时才落旧叶，生新叶。想来，春雨之后，烂花一地，榕叶乱落，莺乱啼，真是乱糟糟又冷凄凄。作此诗时，柳宗元谪居于柳州，且是被贬永州十年后归京不足月余又被外放至柳州的，而柳州又比永州更偏远荒蛮，想象他当时的心情，大概非"凄凄"不能诠释，亦唯有"榕叶满庭莺乱啼"可以形容。人怀着这样一颗"凄凄"之心，一双"凄凄"之眼，莫说异域物候风气，纵是身在再熟悉的地方，怕也关注不到也感受不出什么快乐的东西。

柳宗元另有《诏追赴都二月至灞亭上》云："十一年前南渡客，四千里外北归人。诏书许逐阳和至，驿路开花处处新。"此诗是他从贬地永州回京途中所作。一个谪居日久之人得诏归京，一路眼见的处处新花和先前那满庭的榕叶相比，感觉很不同。类比，元稹有《西归》云："五年江上损容颜，今日春风到武关。两纸京书临水读，小桃花树满商山。"元稹谪居僻地五年，一朝奉诏归京，归途中又收到亲友书信，他于春水之畔展读，其中喜悦，一句"小桃花树满商山"尽现。尤"小"字，可见雀跃之柔心。所以说，人对自然景物美丑好坏的感应，关键要看当时的心境。再如李涉《宿武关》云："远别秦城万里游，乱山高下入商州。关门不锁寒溪水，一夜潺湲送客愁。"温庭筠《过分水岭》云："溪水无情似有情，入山三日得同行。岭头便是分头处，惜别潺湲一夜声。"一样是写溪水，却因两位诗人的心境不同而有截然不同的味道。

卖炭翁

白居易

卖炭翁，伐薪烧炭南山中。

满面尘灰烟火色，两鬓苍苍十指黑。

卖炭得钱何所营，身上衣裳口中食。

可怜身上衣正单，心忧炭贱愿天寒。

夜来城外一尺雪，晓驾炭车辗冰辙。

牛困人饥日已高，市南门外泥中歇。

翩翩两骑来是谁，黄衣使者白衫儿。

手把文书口称敕，回车叱牛牵向北。

一车炭，千余斤，宫使驱将惜不得。

半匹红绡一丈绫，系向牛头充炭直。

　　宫市，是中唐时期的一种特殊市肆，由宦官专权，特派百十来人分布于市场，打着皇家的幌子，常以低价强购物品，甚至还额外盘剥勒索。白居易此诗所述，即一平民受"宫市"强买强卖的事。

诗的开篇，用一句话概括了卖炭翁的情况：他年老了，生活在离城几十里远的南山中，以"伐薪烧炭"为生。"伐薪烧炭"即砍来木头，烧成木炭。"伐薪""烧炭"两个词包含了生活的艰辛苦累，长年劳作导致"满面尘灰烟火色，两鬓苍苍十指黑"从"卖炭得钱何所营，身上衣裳口中食"一句又可知，老翁仅靠自烧自卖些木炭换几个小钱聊以解决温饱。老翁家中不舍得烧炭取暖，又加身上衣单，却盼望天气再寒些，这样木炭就能卖出更好的价钱。"可怜身上衣正单，心忧炭贱愿天寒"一句读来令人叹气。"夜来城外一尺雪，晓驾炭车辗冰辙"分明又是一幅图画，一夜大雪后，起个大早，赶着冰天雪地的清晨出去卖炭，但天冷路难行，半天未进城。"牛困人饥日已高，市南门外泥中歇"一句，是上下的承接句，也是情感的起伏句。无此一笔铺垫，就感觉不到接句的突如其来，感觉不到卖炭老翁冰天雪地里搁在心里的那点小小希望是如何被骤然击碎。"翩翩"二句一直到诗尾几句写得极流畅，读的时候在情感接受一面却很艰涩。"翩翩"两字用得好，既有"翩翩"意，亦有"偏偏"意，可谓将官吏无理、傲慢、天地不惧的样子以及百姓对其厌恶、憎恨、唯恐避之不及的感情描尽。老翁多日艰辛的伐薪烧炭，半天的雪地驾车，满心的衣食希望。换来的只是"半匹红绡一丈绫，系向牛头充炭直"。末尾一句写得最好，平常自然到叫人掩卷深思……

白居易的诗特别是叙事诗大多平易，明白如话，如《上阳白发人》《新丰折臂翁》《卖炭翁》。而此诗之好，不唯好在平易上，更好在下笔不发多余的议论，完全只是呈现。回读全诗一百三十五个字，只"可怜"一词略带出些个人情绪，其余皆白描自然呈现。

古诗词讲究含蓄，话不说透，更不说死。比如杜甫的《茅屋为秋风所破歌》，诗的大半部分全在叙述风破茅屋的经过与结果，写到诗尾，忽来一句"安得广厦千万间，大庇天下寒士俱欢颜，风雨不动安如山。呜呼，何时眼前突兀见此屋，吾庐独破受冻死亦足"。这几句虽奠定了杜甫此诗的格调，也将他心系家国百姓的情怀大白于天下。与白居易《卖炭翁》"半匹红绡一丈绫，系向牛头充炭直"的默默无声相比，就写作手法来讲，似乎还是后者更佳。呈现，很多时候比议论更有力。当然，杜甫也有很多看似不着力却又力敌千钧的好诗。比如在生命的末尾，在流寓的江南遇到当年一起出入达官贵人府邸的歌师李龟年而写下的那首绝句："岐王宅里寻常见，崔九堂前几度闻。正是江南好风景，落花时节又逢君。"明明是末路相逢，明明有百般感叹，可杜甫却只陈述事件，别的什么话也没说，但又觉他什么话都隐含其中，更觉得他是欲言又止，又无可说。这样的诗真是叫人读一遍叹气一遍。

用一个小事件揭露一个朝代的大弊端，此又是白居易《卖炭翁》以小见大之力。陈寅恪先生曾说过：白居易的某些诗，可当史诗来读。

齐安郡后池绝句

杜牧

菱透浮萍绿锦池，夏莺千啭弄蔷薇。

尽日无人看微雨，鸳鸯相对浴红衣。

　　杜牧一生写了不少诗，有抒情的，有叙事的；有讽时的，有喻政的；有清丽的，有艳丽的；有好的，有不好的。此诗就是一首极好且妙的小诗。

　　就布局来看，首句"菱透浮萍绿锦池"点题，即言后池之事。接着，笔锋由池上的水草，转到岸上的花草及舞绕在旁的鸟儿们身上。起句静，接句动，动静相递相宜，将后池园地的宏观之景轻巧勾画出来。诗人笔墨的"镜头"，如此上下左右环顾一周，旋即纳闷就来了：这样好的雨中美景，居然"尽日"无人来赏（其实有人，即诗人，一直在镜头后面）？此问是自问。固然，问题即答案。接下去，笔锋又转，又回到池上，且注目在一对互啄红羽的"鸳鸯"情侣上。"尽日"二句，又是前句不动声色，后句声色俱动，且以前面的不动声色比照后面的声色俱动，以欢愉的鸳鸯情侣比照镜头后面那个孤单的自己，全诗的意旨，也就不言自明。

再从诗句上来看，"菱透浮萍绿锦池"的"绿"字是老调新用，调虽老，然弦不俗；"夏莺千啭弄蔷薇"的"弄"字，又热闹，又别致；"鸳鸯相对浴红衣"的"浴"字，则亲切又情切，生动又活泼。总体而言，前一字，有感染力；中一字，亦有感染力；后一字，更有感染力。尤后一字及后一句，读之禁不住喜乐，眼目喜乐，心情喜乐。不足是，有些辞藻过丽，比如"绿锦池"之"锦"，大可不这样用；"看微雨"之"微"，亦有故弄之嫌。好在，是个例，瑕不掩瑜。

有人说，杜牧的一些小诗，"写景抒情，多清俊生动"。此话不错。如《清明》纷纷细雨里指路的牧童，《秋夕》里执小扇扑流萤的宫女，《山行》里那斜斜的石径以及云坡上的几窝人家，以及这首诗里那相对浴红衣的鸳鸯情侣……皆清俊生动。

新秋

齐己

始惊三伏尽，又遇立秋时。

露彩朝还冷，云峰晚更奇。

垄香禾半熟，原迥草微衰。

幸好清光里，安仁谩起悲。

古往今来，季节从未停止或放慢更迭，人对节令的感叹亦从未停止。在咏秋之作中，齐己此诗读来无大悲喜，一切皆淡淡的。"始惊""又遇"里那种对光阴流逝的感觉看似有些"惊"，实则是淡淡的；"露彩""云峰"里对物候改变的感觉亦看似"奇"，实则亦是淡淡的；垄上稻熟，原上草衰，一切该是怎样便是怎样，太自然了；尤末尾一句，把小我放在"清光"（清光，既指自然，亦指社会）里，更有淡淡感恩的情绪，令人读之如沐秋日细雨，凉爽一新。

人的心境很难恒定，此一时，彼一时。齐己另有《伤秋》云："旦暮余生在，肌肤十分无。眠寒半榻朽，立月一株枯。

梦已随双树，诗犹却万夫。名山未归得，可惜死江湖。"同样是写秋，这首就很伤感。"双树"即娑罗双树，也称双林，是佛入灭的地方。齐己是唐朝一僧人，常云游四方讲经布道，晚年曾欲往四川，却因遇战乱羁留江陵日久，归又归不得，入蜀又入不成，面对萧瑟的秋天及日渐衰老的身体，大概心里有了对死亡的思考，于是有了"梦已随双树"的梦。后来，他果然"可惜死江湖"，圆寂于江陵。

齐己善诗，工书，能画，能琴棋。宋僧赞宁《高僧传》里讲："（齐）己颈有瘤赘，时号'诗囊'。栖约自安，破纳拥身，枲麻缠膝，爱乐山水，懒谒王侯。至有'未曾将一字，容易谒诸侯'句。"此句出自齐己的《自题》："禅外求诗妙，年来鬓已秋。未尝将一字，容易谒诸侯。挂梦山皆远，题名石尽幽。敢言梁太子，傍采碧云流。"由之可见，齐己是个性情高洁的僧人。

齐己还有首《早梅》也很有名："万木冻欲折，孤根暖独回。前村深雪里，昨夜一枝开。风递幽香去，禽窥素艳来。明年如应律，先发映春台。"据唐人书载："昨夜一枝开"原作"昨夜开数枝"。齐己曾携此诗往谒郑谷，郑谷曰："'数枝'非早也，不若'一枝'则佳。"郑谷可谓一语中的。于此，他成了齐己的"一"字之师，亦成了后人的"一"字之师。随意翻翻唐诗宋诗，以"一枝"写早梅或写梅的作品多不胜数。

齐己另有《寄上荆渚因梦庐岳乃图壁赋诗》云："梦绕嵯峨里，神疏骨亦寒。觉来谁共说，壁上自图看。古翠松藏寺，春红杏湿坛。归心几时遂，日向渐衰残。"此诗写他夜梦庐山仙境而醒来无可说者，于是把梦见景状画在墙上自己赏看，并由此生出归山之愿。有《怀华顶道人》云："华顶星边出，真宜上士家。无人触床榻，满屋贮烟霞。坐卧临天井，晴明见海涯。禅余石桥去，屐齿印松花。"此则写出了仙人仙境。又有《除夜》云："夜久谁同坐，炉寒鼎亦澄。乱松飘雨雪，一室掩香灯。白发添新岁，清吟减旧朋。明朝待晴旭，池上看春冰。"此又写尽一个僧人的孤寂生活。身为僧人，他还写了不少颇具禅意的诗。有首《观荷叶露珠》云："霏微晓露成珠颗，宛转田田未有风。任器方圆性终在，不妨翻覆落池中。"这首诗不可解，各人自有各人的领悟。他对生命亦有思考，有《日日曲》云："日日日东上，日日日西没。任是神仙容，也须成朽骨。浮云灭复生，芳草死还出。不知千古万古人，葬向青山为底物。"还有《自遣》云："了然知是梦，既觉更何求。死入孤峰去，灰飞一烬休。云无空碧在，天静月华流。免有诸徒弟，时来吊石头。"一个把死亡都看得如此清澈且谈得如此风轻云淡的僧，实是一位令人起敬的僧。

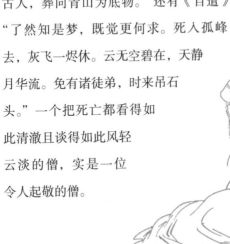

贫女

秦韬玉

蓬门未识绮罗香，拟托良媒益自伤。

谁爱风流高格调，共怜时世俭梳妆。

敢将十指夸针巧，不把双眉斗画长。

苦恨年年压金线，为他人作嫁衣裳。

　　此诗字面意思是在讲一个故事：某个粗布荆饰靠刺绣过活的贫家女子，自小未见过什么好吃好穿，长到待嫁之龄，一心想找个好婆家，却又遇不到喜欢她的人，她虽手指纤长又灵巧，却只能为有钱人的嫁衣裳绣凤描凰。

　　此诗又似另有深意。历来被解为是诗人借贫女的惆怅来拟喻一己的怀才不遇。按此思路来看，起联"蓬门"一句，实指贫女出身，暗喻诗人出身。"拟托良媒"一句，实指贫女已到婚嫁年龄，却屡屡托媒不成，暗喻诗人空怀一腔才学，却老遇不到赏识的人。二三联，实指贫女自视品格高尚，且是刺绣能手，所以不屑去追逐那些奢华时髦的装扮，暗喻诗人自命不凡，自觉有真才学，却不愿混入世俗的洪流。尾联"苦恨"数语，看似是贫女在陈述现实状况，其实却参照出诗人满肚子的委屈、愤懑与不甘，是诗人内心日积的躁动与呐喊。凭此一联，即可将诗人之前所描绘的贫女的自命清高也罢，自己的自命不凡也好，全部推翻；凭此一联，即可看出诗人那种强烈的久居下僚、渴望出头、偏又怀才不遇的苦闷与忧戚。

清代沈德潜《唐诗别裁》论此诗："语语为贫士写照。"这大概就是此诗所以著名的原因。

"是真名士自风流"。实际中来看，古人也好，今人也罢，倘若真有文士风骨，大概不会有"苦恨年年压金线，为他人作嫁衣裳"这样局窄、忧戚的心理。或者说，最好不要或大约是要少怀一些这样的心理。人，或者说但凡有些才情的男女，盼望或追求一种俗世的认可，这无可厚非，可千里马常有而伯乐不常有，遇到了机缘自然是好；不遇，也不必如此这般苦哀哀，把自己弄得像个牢骚满腹的怨妇，多累。

有趣的是，古来借"贫女"抒发不遇心理者并不少。与秦韬玉此诗最意近者是薛逢的《贫女吟》："残妆满面泪阑干，几许幽情欲话难。云髻懒梳愁拆凤，翠蛾羞照恐惊鸾。南邻送女初鸣佩，北里迎妻已梦兰。唯有深闺憔悴质，年年长凭绣床看。"此诗上四句是自写，五六句是比他人，结束发出感伤。就达意而言，较秦韬玉诗写得略含蓄些。

薛逢后来中了进士，虽官迁侍御史、尚书郎，终因恃才傲物为人所鄙。秦韬玉则累举不第，后因攀附权贵得到提拔做了丞郎（约县长一类）。再后皇帝避乱幸蜀，他又侍驾有功，特赐进士出身，官至工部侍郎。他借《贫女》而发的一通牢骚终究是没白发。

惜花

韩偓

皱白离情高处切，腻香愁态静中深。

眼随片片沿流去，恨满枝枝被雨淋。

总得苔遮犹慰意，若教泥污更伤心。

临轩一盏悲春酒，明日池塘是绿阴。

古人多有惜花之作。杜甫惜楸花云："楸树馨香倚钓矶，斩新花蕊未应飞。不如醉里风吹尽，可忍醒时雨打稀。"白居易惜牡丹云："惆怅阶前红牡丹，晚来唯有两枝残。明朝风起应吹尽，夜惜衰红把火看。"张籍惜山花云："山中春已晚，处处见花稀。明日来应尽，林间宿不归。"等等。韩偓此诗不同诸诗，古来多解为有所寄喻。

韩偓生逢唐末，经历了多次政治变故，虽曾一度协助宰相力挽狂澜，终因外有军阀，内有宦乱，未能保住大唐一室。奸人当权时，他无立足之地，被一贬再贬；奸人篡唐后，召其回京复职，他则携家远走，避居南闽一带。七十岁后，隐居山中，以樵耕为业，字号"玉山樵夫"。基于这样的人物背景，再来翻看前人笺注。明末清初人周珽讲：此诗首联是喻君子恋国忧君之念殷切；次联则喻忠君爱国之士四处流寓，几被奸人迫害殆尽；三联是喻一己暂得所依，犹恐贻累所及；末联是喻朝廷今虽空有名号，不日终将易代。"临轩"一联与其《野钓》中的"风头阻归棹，坐睡倚蓑衣"及《醉著》中的"渔翁醉著无人唤，过午醒来雪满船"的意味甚近，很有些无奈但不强愁的从容之态。

唐亡后，韩偓多有此类慨世感伤之作。如《伤乱》云："岸上花根总倒垂，水中花影几千枝。一枝一影寒山里，野水野花清露时。故国几年犹战斗，异乡终日见旌旗。交亲流落身羸病，谁在谁亡两不知。"《春尽》云："惜春连日醉昏昏，醒后衣裳见酒痕。细水浮花归别涧，断云含雨入孤村。人闲易有芳时恨，地胜难招自古魂。惭愧流莺相厚意，清晨犹为到西园。"《三月》云："辛夷才谢小桃发，蹋青过后寒食前。四时最好是三月，一去不回唯少年。吴国地遥江接海，汉陵魂断草连天。新愁旧恨真无奈，须就邻家瓮底眠。"写这些诗时，韩偓的日子过得很贫窘，却志不苟安于梁，倒也是个有风骨的汉子。

韩偓寓居南闽期间，曾集青年时著作而成一册《香奁集》，集中大多是艳情诗，且多歌咏女子的一颦一笑、举手投足，乃至沐浴、就寝，还有就是男欢女爱，其中笔法颇为细腻，这便为他涂上了"香艳诗人"的名号。不过，有人认为《香奁集》并非韩偓之作。也有学者认为，《香奁集》近似屈原的《离骚》，是香草美人之作。且摘首《别绪》："别绪静悄悄，牵愁暗入心。已回花渚棹，悔听酒垆琴。菊露凄罗幕，梨霜恻锦衾。此生终独宿，到死誓相寻。月好知何计，歌阑叹不禁。山巅更高处，忆上上头吟。"此中誓死相寻的，似可不囿于人。再摘一阕《生查子》："侍女动妆奁，故故惊人睡。那知本未眠，背面偷垂泪。懒卸凤凰钗，羞入鸳鸯被。时复见残灯，和烟坠金穗。"此词是写一女子装扮一新夜待情人，可等了一宿也未等到，只得失望地暗自落泪。女子对情人的热望与失望，似也可理解为士对家国复兴的热望与失望，所以此词若按香草美人诗来读，也说得过去。不过，若跳开此说，就词论词，好像也很美好。《惜花》也一样。

书事

王维

轻阴阁小雨，深院昼慵开。
坐看苍苔色，欲上人衣来。

读王维的诗，每每觉得清静可喜。"斜光照墟落，穷巷牛羊归"，清静可喜。"倚杖柴门外，临风听暮蝉"，清静可喜。"明月松间照，清泉石上流"，清静可喜。"月出惊山鸟，时鸣春涧中"，清静可喜。

再如这首《书事》。诗是即事写景之作，写的是阴天小雨里的小事，即"深院昼慵开"，即"坐看苍苔色，欲上人衣来"。因有"慵开"一句，乍读感觉是在写寂寞。但却不是。细体会"坐看"二句，句亦清静，苔亦可喜。尤其是苔，经小雨一润，湿冉冉一地，欲上人衣来，俏皮死了。如此好苔，别说诗人，任谁都不自禁会"坐看"，会久看不厌。"欲上"二字，既写苔之鲜绿与广布，也是写人的悦见，其如"深林人不知，明月来相照"之"来相照"一样。到此时便明白，此诗原来写的是自在，是享受孤独。

王维似很喜"看"苔。他另有《鹿柴》云:"空山不见人,但闻人语响。返景入深林,复照青苔上。"此诗亦是写独处,亦清静可喜。试想,黄昏时分,山谷里有风,山谷里有云,就是不见人,唯有悄悄人语声隐约于林中,而夕阳斜斜斜上山岗,余晖斜斜泼在树身上,树枝树叶如筛,筛落些个光到树底的青苔上,风动,树枝动,光影动,青苔斑驳如绽在光影里的小花骨朵大花骨朵,如游弋在绿海中的小鱼儿大鱼儿……真清静哉,可喜哉。

古人咏苔句不少,似皆无王维"坐看苍苔"与"复照青苔"二句可喜。李白有诗"余配白毫子,独酌流霞杯。拂花弄琴坐青苔",闲适不少,可喜不多;杜甫有诗"忽忆雨时秋井塌,古人白骨生青苔",沉重有余,可喜断无;刘禹锡有诗"百亩庭中半是苔,桃花净尽菜花开",落寞有之,可喜无迹;刘长卿有诗"欲扫柴门迎远客,青苔黄叶满贫家",怜惜意有,可喜味无。袁枚倒有一诗似可与王维二句相敌:"白日不到处,青春恰自来。苔花如米小,亦学牡丹开。"此一"亦学"写白了诗意,不耐味。纪晓岚所撰《阅微草堂笔记》里狐鬼神怪无奇不有,有一则载:李又聃先生曾在宛平相国废园廊上见过两首诗,其一曰:"飒飒西风吹破棂,萧萧秋草满空庭。月光穿透飞檐角,照见莓苔半壁青。"此月下苔,青是青,就是鬼气森森,读得人浑身起鸡皮疙瘩。

行路难三首（其一）

李白

金樽清酒斗十千，玉盘珍羞直万钱。

停杯投箸不能食，拔剑四顾心茫然。

欲渡黄河冰塞川，将登太行雪满山。

闲来垂钓碧溪上，忽复乘舟梦日边。

行路难，行路难，多歧路，今安在？

长风破浪会有时，直挂云帆济沧海。

李白爱喝酒，也爱酒后吟诗，他的酒后诗中，有思乡的，有惜别的，有感叹人生的。近四十岁时，在宦游十几年未果后，为一展才抱，李白又入长安，先是向皇帝献赋，后是向公主献诗，皆又失败，只好再次悻然离开。临走前，友人设宴为其饯行。席间，李白又一回执酒而歌，吟成《行路难》三首。此为其一。

这首所歌，非思乡，非惜别，乃抒发心中之郁闷与茫然，似还有些些自我激励的意味，这些复杂情绪，隐含在诗句中，如水附山行，百转而千回。且看，诗以"金樽"起笔，也以"金樽"

起兴，一端酒杯，李白的感慨就来了，价值万钱的"玉盘珍羞"也吃不下了，于是"停杯投箸"，于是"拔剑四顾"，于是想起自己的宦游遭遇，恰似当时时节，欲渡河而冰塞，想登山而雪暴，哪一条路都走不通。人家姜尚渭水边钓钓鱼就得遇了文王，伊尹做了个乘月绕日的梦就受到汤帝的重用，自己闲来也常钓鱼，也常做梦，为何无此机遇？李白的情绪经过上下几番起伏，到此时此处，骤然喷洇——行路难啊行路难，世上有那么多路，敢问我的路在哪里？吟至此，百转于腹的情绪，一泻千里，真痛快哉。诗吟至此，按理本该煞尾了，岂料李白将喷洇而出的郁闷与茫然又一把勒了回来，像勒回一匹疾驰至崖畔的奔马，高昂起头颅，扬蹄长嘶："长风破浪会有时，直挂云帆济沧海。"吁！李白的情绪，终于像马蹄一样落下，像长嘶一样荡尽。想来，这一瞬，李白杯中的酒，大约也一倾而尽了。然诗意之飞扬与豪壮，至此却抵及巅峰。

范传正为李白所撰的碑文里讲，当时的秘书监贺知章称李白是"谪仙人"，即从天上贬下来的仙人。确实，把人生落寞都写得如此磅礴，除了仙人，常人怕是难为。

很多人把"长风破浪会有时，直挂云帆济沧海"一句理解为李白的抱负。其实不单是抱负，也是一种自傲，一种"天生我材必有用"的自傲。李白心里一直揣着这种自傲。在写下这首《行路难》四年后，他的诗文终于受到了皇帝的赏识，并召他入宫，还"降辇步迎"，他终于得偿所愿，貌似做了一回伊尹，做了一回姜尚。然李白的可悲处，是他一心求仕，四处求仕，好不容易出仕了，却又似看不上仕途中人的某些作为，也很不适应仕途文人的生活。他性子里的自傲及他放荡不羁的行为，最终换来的是"赐酒放逐"。

《旧唐书》载："（李）白既嗜酒，日与饮徒醉于酒肆。玄宗度曲，欲造乐府新词，亟召白，白已卧于酒肆矣。召入，以水洒面，即令秉笔，顷之成十余章，帝颇嘉之。尝沉醉殿上，引足令高力士脱靴，由是斥去。"再次离开长安后，李白似仍未丢掉他的自傲，仍客游四方，以图再展抱负。五十七岁时，入幕永王府。后永王兵败，他受牵连被流放。六十二岁上，李白黯然病逝。

独坐敬亭山

李白

众鸟高飞尽，孤云独去闲。
相看两不厌，只有敬亭山。

　　说起李白，首先会令人想到一个词，"豪气"。他辄曰"会须一饮三百杯""飞流直下三千尺"；辄曰"我本楚狂人，凤歌笑孔丘""白发三千丈，缘愁似个长"，李白的很多诗可谓将"豪气"二字抒发到了极致。比如这首，也是。且乍读之时，会觉得豪气十足，细琢磨，逸气似比豪气多。所谓逸气，就是潇洒无羁且众人皆营营、独我置身其外的态度。乍读之时，深觉"高""闲"用得不甚好，有故弄之嫌。细琢磨后，又觉得此二字若有所指，且非用不可。"高"，似有追慕名利之意；"闲"，则喻隐退闲居。两个字，两种状态，两条不同的路。"不厌"一词，亦用得绝妙，既是对上面"鸟""云"而言，是反指；再则是对下面"敬亭山"而言，是直指。"不厌"一词，以"两"字来修饰，更有意味：一味在表达自我，如山般清明不俗，不为外物所

动；另一味亦是在表达自我，表达自我内中的孤芳与孤寂，唯山可懂，可为知己。此诗详意，辛弃疾《贺新郎》似略解了一二："甚矣吾衰矣。怅平生、交游零落，只今余几。白发空垂三千丈，一笑人间万事。问何物、能令公喜？我见青山多妩媚，料青山、见我应如是。情与貌，略相似。"不同的是，辛弃疾的词调里，似少了李白那份捋着须、昂着头颅的不屑。

说起李白，还会令人想起两个字，"浪游"。李白的一生，可谓四方浪游的一生。二十四五岁之前，在蜀中游。二十四五岁到三十七八岁间，又在今江苏、湖北一带游。三十七八岁到四十一二岁间，则在山东、浙江一带游。直到四十二岁左右得人举荐，来到长安，做了皇帝近身的京官。不过，仅三年后，便因权臣排挤被放逐出京。之后十多年间，则在山西、山东、河南间兜转。五十四岁到五十五岁间，则多往来于今安徽宣城一带。诗中的"敬亭山"，即在宣城。此诗大致作于此一时期。诗成不久，李白就投奔了镇守南方的永王，做了王府幕宾，后受累于永王与其兄的夺位之争，先是被下狱，后又被流放。年近六旬，才遇赦。两年后，就死了。

　　人有所求，便会自矮三分。想到李白人生最后七八年的委身攀附与落魄周折，忽然觉得，他在这首诗里所流露出的豪气也好，逸气也罢，似皆为一时之造作，那"相看两不厌"，亦似有自我拔高之嫌，实际远没有"敬亭山"超然。

春望

杜甫

国破山河在，城春草木深。

感时花溅泪，恨别鸟惊心。

烽火连三月，家书抵万金。

白头搔更短，浑欲不胜簪。

有人说，杜甫性子沉郁，如遇国运昌盛定写不出好诗，倒是"安史之乱"助了他一臂之力，成就了个人的文学风格。这话讲得对错且不论，只是听来凉薄，就像有人总爱说是国破成就了张岱的《陶庵梦忆》，是家亡成就了曹雪芹的《红楼梦》，这些话虽说得在理，却总不爱听，也不忍听，毕竟国破家亡怎么说都不是好事情，没有谁会为了成就所谓的文学去盼望遭遇它。比如盛世大唐，一个"安史之乱"给搞乱了，叛军侵入长安，前任皇帝下台，继任另起炉灶，作为朝廷官员，作为一心想当贤臣的杜甫，暂将家小安顿在某个小村，自己毅然决然地去投奔新帝，走到半道却被叛军俘获，又解回长安，好在因官职微小未遭囚禁。然身虽自由了，心却为这个动荡不安的国家揪着，痛着，也忧着，由此写下此诗。

杜甫写此诗时情绪似颇不宁静，他提笔一句"国破"，接着一句"城春"，两处起伏，跌宕而来。国破了，然山河依旧可爱；春到了，但满眼一片荒芜。细体会去，此中明显隐着可惜与担忧，也隐着爱与不舍，隐着一种情怀。杜甫的情怀，是敦厚的。杜甫心怀辅佐尧舜般明君的大志，实际却一直做着可有可无且难有建树的小官，虽时有不甘，或偶有慨叹，情怀却始终不灭。胸有如此情怀，看着自己的国家及都城短时间内就这样破碎荒芜了，心里焉能无所"感"无所"恨"？"感时""恨别"二句，是情先而景后的句子，意思也很明了，即人的心情好，看见花儿都笑开颜；人的心情不好，看见花儿都萎靡不振。

接下来"烽火"一联由国事转向家事，由天下情转向一己情，极易会意。最叫人酸楚不可抑且欲泪又无泪的是尾两句。国家动荡亲人四散的沉沉悲感，一个"白头"，一个"浑欲"，释尽。彼时杜甫才四十来岁，一个人被拘在陷入贼手的破败的长安城内，留又留不得，走也走不了，头发却白且稀疏得连簪子也快插不住了，想想就令人心酸。

　　周汝昌老先生曾说过，读杜甫的诗，而不觉其感人肺腑者，世上不敢说绝无，大约终是很少数。宋亡后，文天祥被蒙古人囚禁燕京狱中时就常爱读杜甫诗，并将杜甫的五言诗集成二百首绝句，集序中曰："余在幽燕狱中，无所为，诵杜诗……凡吾意所欲言者，子美先为代言之。日玩之不置，但觉为吾诗，忘其为子美诗也……子美与吾隔数百年，而其言语为吾用，非性情同哉。"性情相同或为一因，更多的可能是彼时文天祥折服于杜甫的情怀，才可能性情共通。

江上值水如海势聊短述

杜甫

为人性僻耽佳句，语不惊人死不休。

老去诗篇浑漫与，春来花鸟莫深愁。

新添水槛供垂钓，故着浮槎替入舟。

焉得思如陶谢手，令渠述作与同游。

此诗很有名，作于上元二年（六七五，一说是作于宝应元年），杜甫时在成都草堂。诗中"老去诗篇浑漫与，春来花鸟莫深愁"一句历来颇多妙解。明代仇兆鳌说，杜甫"少年刻意求工，老则诗境渐熟，但随意付与，不须对花鸟而苦吟愁思矣"。清代郭曾忻说，"所谓漫兴，只是逐景随情，不更起炉作灶，正是真诗"。（"漫与"旧作"漫兴"）叶嘉莹先生说，杜甫"当年性耽佳句，必求出语惊人，此正一种少年盛气光景，而今则年已老去，意兴萧疏，乃觉平生种种争奇好胜之心俱属无谓"。诸名家之说，各有千秋。对此诗题历来多有论说，其实此诗重点似不在"江上值水如海势"，所以不必一定要涉及江或海；此诗重在"聊短述"，姑且简短抒写，其意正是"浑漫与"。此诗就是诗人漫步江边时的所见所想。若按年轻时的性子，见了忽如海势的江水，诗人怕又要苦思冥想琢磨写一些惊人的诗句，可眼下老了，花花鸟鸟已不像当初写"感时花溅泪"时那样能轻易牵惹出他的愁思与伤感了，诗人如今只想着能遇到"陶谢"那般的人物，欣赏他们写的好诗，并与之一同泛舟闲游于这"水如海势"的江上。

杜甫居成都时以及这之后不少诗都流露出这般"浑漫与"的意味。如《独酌》云："步屧深林晚，开樽独酌迟。仰蜂黏落絮，行蚁上枯梨。薄劣惭真隐，幽偏得自怡。本无轩冕意，不是傲当时。"此诗并非刻意求工之作，是信手之笔，暗含一种傲然又洒脱之气。如《江亭》云："坦腹江亭暖，长吟野望时。水流心不竞，云在意俱迟。寂寂春将晚，欣欣物自私。江东犹苦战，回首一颦眉。"此诗中"浑漫与"的味道则在于那种淡淡的习以为常的愁绪与无奈，杜甫对此等情绪的表达，不再似年轻时那么用力，而是轻轻提起，又轻轻放下，不再有所发挥。又如《漫成》二首，一云："野日荒荒白，春流泯泯清。渚蒲随地有，村径逐门成。只作披衣惯，常从漉酒生。眼前无俗物，多病也身轻。"一云："江皋已仲春，花下复清晨。仰面贪看鸟，回头错应人。读书难字过，对酒满壶频。近识峨眉老，知予懒是真。"所谓漫成，大概就是随兴率成。所以，此二诗诗题就很"浑漫与"，诗笔则随情绪自在游走，当行则行，当止则止。尤后一首中表现出的那种顺势不拘的心境，很能引发中年以后历经世事之人的同感。再如《屏迹》三首，亦是"浑漫与"之作，录其一："晚起家何事，无营地转

幽。竹光团野色，舍影漾江流。失学从儿懒，长贫任妇愁。百年浑得醉，一月不梳头。"这样的诗，不设典，无修辞，信笔漫写，虽无宏旨，却极真挚，流露出质朴安宁的闲居生活和杜甫率性写作的风格，是杜诗"沉郁"风格之外的又一类佳作。

滁州西涧

韦应物

独怜幽草涧边生，上有黄鹂深树鸣。
春潮带雨晚来急，野渡无人舟自横。

京兆韦氏是显赫世家，仅李唐王朝，就出了十四位宰相。蒙祖荫，韦应物十五岁便受召入宫任御前侍卫。"安史之乱"始，他随禁军护驾西行，途中内侍团解散，他滞留扶风，便躲到某寺院避乱。二十岁娶妻，后入太学读书。二十七岁，任洛阳丞。隔二年，因耿于吏职被讼，请辞，又入住到洛阳城东某寺院。其后，时往城中住，时往寺中住，一过就是十年。后来，得友引荐，到长安为官。此友后因贪污被处极刑，他受牵连降职，又请辞，又入住到长安城南某寺院。再后，他再被起用，任滁州刺史；公暇闲居州城西涧时，写了此诗。

此诗读着很美，历来争议却大，有说是纯写景的诗，有说是暗含政治寓意的诗。持后论者认为，"幽草涧边生"是喻君子生不逢时；"黄鹂深树鸣"是讽小人谗佞在位；"春潮带雨晚来急"

是暗指时之将乱；"野渡无人舟自横"是比拟君子无用武之地。持前论者则觉得，此诗前一联所绘，是晴昼之景；后二句所绘，乃雨暮之景，合而为西涧春景，未必有所托意。

这话不谬。此诗虽无托意，却也非纯写景，而是借景达情。诗人起笔即言"独怜"，那么"独怜"是何意？是钟情，是深爱，是极喜欢。这是肯定的。那么"独怜"者何？是涧边默默生长的幽草吗？是。只是吗？不，还有。还有林间快乐歌唱的鸟儿，还有晚来带雨的春潮，还有那叶无人摆渡自在随波的小舟。诗人"独怜"此草、此鸟、此春水、此小舟，亦"独怜"此幽者（草）自幽、歌者（鸟）自歌、春潮澜澜、小舟曳曳的幽然亦悠然之境。非"独怜"，又岂会在此从昼盘桓至暮，从晴盘桓至雨？或者，依此尚可往更远阔处揣度，诗人"独怜"的，是在滁州西涧的闲居岁月。与此同时，诗人还写过一首《游西山》，或可佐证其"独怜"："时事方扰扰，幽赏独悠悠。弄泉朝涉涧，采石夜归州。挥翰题苍峭，下马历嵌丘。所爱唯山水，到此即淹留。"人有何等心胸，笔底才有何等情趣。结合这首诗，再细味"独怜"一词，诗人的喜好可见，诗人的天性亦可见。诗人借"独怜"一词起笔，贯穿四联二十八字，绘出了一番景，也表达了一种对生活乃至对生命淡然自适的态度。就其笔致，与王维的《辛夷坞》异曲同工。

史载，韦应物"生性高洁""鲜食寡欲""冥心象外"。读这首《滁州西涧》，不免会想到他每一请辞就忙不迭入住寺院的经历。想来，韦应物的一生似是矛盾的，他身为世家后代，价值观里定少不得"入仕",然骨子里却寡欲喜静,此二者相悖,以致其一生都在官与寺、仕与隐间辗转。此诗作罢未几,也就是滁州西涧闲居的日子没过多久,韦应物便又辗转江州、苏州任职,直至因病请辞苏州任,又在城郊寺院小住了些时,离世。

另就"独怜"一句,明代杨慎《升庵诗话》卷八说:"古本'生'作'行','行'胜'生'字十倍。"此乃仁智之见。用"生"是对"幽草"的敬;用"行"是对"幽草"的慈。"生"易"行",意骤削,格骤降。又,宋代寇準大约极喜"野渡"一语,拿来化作《春日登楼怀归》句:"远水无人渡,孤舟尽日横。""舟自横",是从容;"尽日横",是寂寥。诗意上下,一目了然。

花下醉

李商隐

寻芳不觉醉流霞，倚树沉眠日已斜。

客散酒醒深夜后，更持红烛赏残花。

　　这是首有趣的诗。讲诗人在花下喝酒，是和很多人一起喝。喝到最后，把自己喝醉了，倚着花树就睡着了。待酒醒后，见别人都散了，他又觉得对不住那一树的花，一个人举个烛火，默默赏。

　　诗人持烛赏"残花"一句耐琢磨。有人说，此中有诗人深深且不为人知的寂寞。有人说，此句是隐喻诗人"人赏我醉，客去我赏"的独特性格。有人又说，"客散酒醒深夜后，更持红烛赏残花"里有雅人深致；苏轼"只恐夜深花睡去，高烧银烛照红妆"里则有富贵气象，二者爱花兴复都不浅。这几种说法都不错，尤以爱花一说为佳。想一想，古来诗人词人中爱花者不胜枚举，岂独此二者乎。晚唐韩偓清早赏花："昨夜三更雨，今朝一阵寒。海棠花在否，侧卧卷帘看。"北宋毛滂午夜赏花："飞盖西园午夜，花梢冷、云月胧明。"南宋戴复古踏雪赏花:"百花看遍莫如梅,更向群芳缺际开,寒冷怕行门外路,为渠踏雪过山来。"明末清初陈洪绶踩着露赏花:"秋来晚清凉,酣睡不能起。为看牵牛花,摄衣行露水。"等等。相比诸位,李商隐持烛赏"残花"是爱花没错,但就情趣而言,似不一般。

"残花",意即流逝中的美,相比盛放,乃系缺憾。人凡事多求完美,而能懂得欣赏这种"残",欣赏这种流逝的美,真的需要境界。

李商隐另有二诗写落花也很不错。一首《落花》云:"高阁客竟去,小园花乱飞。参差连曲陌,迢递送斜晖。肠断未忍扫,眼穿仍欲归。芳心向春尽,所得是沾衣。"一首《和张秀才落花有感》云:"晴暖感余芳,红苞杂绛房。落时犹自舞,扫后更闻香。梦罢收罗荐,仙归敕玉箱。回肠九回后,犹有剩回肠。"读这样的诗,很难不感动于他对落花的一片怜惜之情。他还有首《宿骆氏亭寄怀崔雍崔衮》云:"竹坞无尘水槛清,相思迢递隔重城。秋阴不散霜飞晚,留得枯荷听雨声。"此处的"枯荷"与如上之"残花"是同样的意味。

《红楼梦》第四十回上,贾府一众人在游湖,遇见枯荷株株,挡住去路。贾宝玉觉其可恨,便叫拔了去。林黛玉听了,说甚喜李义山"留得残(枯)荷听雨声"一句,意即留下这些枯荷挺好。贾宝玉一听,立即爱屋及乌道:"果然好句,以后咱们别叫拔去了。"曹雪芹赋予林黛玉的所有灵性中,独此一点惜"残"之心,最是柔软动人。她执锄葬落花,也是这份心肠的体现。当然,也是她对流逝的青春的美的留恋。从李商隐"更持红烛赏残花"里亦可见他也拥有一样的灵性，一样的柔软心，一样的对流逝的光阴中美的留恋。

春晓

孟浩然

春眠不觉晓，处处闻啼鸟。

夜来风雨声，花落知多少。

王维善写山水诗，孟浩然亦善写山水诗，二人皆是写山水诗的圣手，并称"王孟"。不过，二人风格却迥异。作家舒芜曾说："王维是林下巨公，在自己的别墅中颐养天年。孟浩然则是一生困于道途行旅，所写的山水都是道途行旅中所见。"诚然。除此之外，孟浩然摹写物象的本领很高，可谓入神。

比如此诗，统共四句二十字，仅凭听觉感受就活现出一幅活色生香的喧媚春景，活现出一幅夜雨敲窗春睡初醒的生活画卷，读之颇觉清婉，令人甚有快感。读此诗，最好在心里自设几个问答，才有意思。上来先问，"春眠"为何"不觉晓"？ 大约因节令不同，春将末，夏将至；昼渐长，夜渐短之故。俗话说，春困秋乏。春既多困，夜又渐短，人自然觉得睡不够。睡不够，就贪。一贪，就"不觉晓"了。此处"不觉"二字，妙极。有此

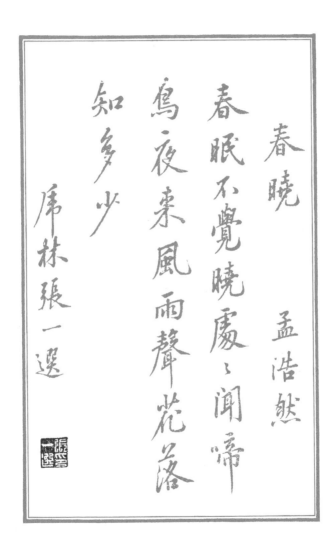

春曉　　孟浩然

春眠不覺曉處處聞啼
鳥夜來風雨聲花落
知多少

席林張一選

二字铺底，往下的一切才有无意间的美；若是先"觉"，皆就刻意死板了。那么，问题里的问题又来了，如何知是春末夏至的季节？因诗人担心"花落"可知。暮春时节，花事渐衰，遂不胜风雨。接着再问，"处处闻啼鸟"又是为何？这就涉及生活常识了。因"夜来风雨"后，清晨空净气清，早起的鸟儿们尤喜这般天气，于是枝上檐下，飞飞跳跳，叽叽喳喳个不停。那么，"夜来风雨声"又因何而知？想来，定是诗人被鸟叫吵醒后，于睡眼惺忪间豁然忆起来的。如此细想去……原来诗人"春眠不觉晓"之故，并非因贪睡，恰是因难眠。唯难眠者，方可闻"夜来风雨声"。可见，这"夜来风雨声"中有故事。这故事，系忧思？系欢愉？不得知，也不可知；道不破，也不能道破。最后一问，"花落知多少"？此问不必答，也没有答案。或落多，或落少，皆可见诗人的细腻情怀，可见其一片惜春之心。

读此诗，想起白居易的《夜雪》："已讶衾枕冷，复见窗户明。夜深知雪重，时闻折竹声。"这两首诗从句式、结构、意韵上都惊人地相似。不同是，一个写春，一个写冬；一个写破晓，一个写深夜；一个遥想雨后花落，一个细听雪后竹折；一个是颇闲适，一个是真落寞，皆是好手笔，有一气流转之妙。但细味去，白诗一个"见"一个"知"，便感觉令人无法展开遐思，大有写死之嫌，于灵动上，终逊孟诗。

读此诗，也会想起韩偓《懒起》中几句："百舌唤朝眠，春心动几般""昨夜三更雨，今朝一阵寒""海棠花在否，侧卧卷帘看""百舌唤朝眠"，即类"处处闻啼鸟"；"昨夜"一句又貌似

"夜来"一句的翻版。这两首诗，皆怀惜春之心。不同是，韩偓笔底所呈，是思春少妇旖旎而幽怨的情怀；孟浩然笔底所呈，则是闲雅者淡淡的惆怅。

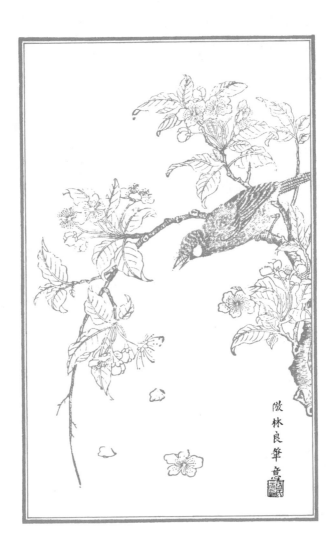

仿林良笔意

过故人庄

孟浩然

故人具鸡黍，邀我至田家。
绿树村边合，青山郭外斜。
开轩面场圃，把酒话桑麻。
待到重阳日，还来就菊花。

这是一首很朴实的诗，读来格外亲切。开笔即写田家"具鸡黍"以邀友的淳朴，下去对绿树及青山的描写，则可见村庄美好的环境。写环境实质仍脱不开人，其中一个"合"字，既写出村庄的形，亦写出村庄远离闹市的温馨与安宁。之后"开轩"二句则最为亲切，也最能见出田家如常生活的景况。轩，即窗或门。据"绿树""待到"二句可知时令乃夏秋之际，所以主客"开轩"而坐，食"鸡黍"而把酒与话，既不吟风弄月，亦不谈什么仕途官道或遇与不遇，只道"桑麻"诸事，想来氛围一定轻松而情意大约也浓浓，因而诗人说他重阳节还要来，来"就"菊花。

据说，有刻本脱一"就"字，有拟补者，或作"醉"，或作"赏"，或作"凡"，或作"对"，皆不同。后得善本，方知是"就"字。这个"就"字用得极妙，其既言来赏菊，亦言来伴菊而饮，此中有不凡情趣。而这情趣则与"菊"息息相关。菊花历史悠久，《九歌》云："春兰兮秋菊，长无绝兮终古。"就此它有了幽兰的气质。《离骚》又云："朝饮木兰之坠露，夕餐秋菊之落英。"餐菊至此始成为习俗，甚而是幽人雅兴。陶渊明有诗云："采菊东篱下，悠然见南山。"菊花从此又成为隐者的精神寄托。依此种种古典可见，"就菊花"一语，既体现出客非俗客，主非俗主，故才成为"故人"，也把此诗的诗情总结起来，又宕开去。

孟浩然笔下写田家、山家、渔樵的诗很多，但很少有能与这首诗匹敌者，也很少有能读出这首诗中的那种家常与畅快者。有首《秋登兰山寄张五》云："北山白云里，隐者自怡悦。相望试登高，心随雁飞灭。愁因薄暮起，兴是清秋发。时见归村人，沙行渡头歇。天边树若荠，江畔洲如月。何当载酒来，共醉重阳节。"这首诗所写则是他邀友人来"就菊花"，写得也很朴实，也颇有乡村生活的气息，然与《过故人庄》相比，也不得不屈居于次了。

陶渊明《归园田居》里有句云："时复墟曲人，披草共来往。相见无杂言，但道桑麻长。"孟浩然这首诗中"故人具鸡黍，邀我至田家""开轩面场圃，把酒话桑麻"里的情味，似毫不逊于陶诗，其中"话桑麻"便是借的陶典，言自家悠然之胸怀。有人据孟浩然的一些田园诗之冲淡与壮逸，谓其"组（祖）建安，宗渊明"。就这首诗而言，诗人之笔从始至终皆很老实，不弄词语的花架势，亦无所谓托旨，叙事也不故弄玄虚，只一板一眼，很自然，也很舒畅，此等平易的、无斧凿痕的、足具人间烟火气息的诗，最近"渊明"。

田园乐七首（其一）

王维

桃红复含宿雨，柳绿更带朝烟。

花落家童未扫，莺啼山客犹眠。

读王维的一些诗，须得身在叶落风凉的深秋方可知其好处，如"荆溪白石出，天寒红叶稀。山路元无雨，空翠湿人衣"，"寒山转苍翠，秋水日潺湲。倚杖柴门外，临风听暮蝉"。读王维的另一些诗，也必得从一颗心日渐趋静且不慕外缘开始方能知其妙处，如"晚知清净理，日与人群疏。将候远山僧，先期扫弊庐""秋空自明迥，况复远人间。畅以沙际鹤，兼之云外山"此所谓陶渊明言下"好读书，不求甚解，每有会意，便欣然忘食"之"会意"。读这首诗也一样。

此诗是王维七首《田园乐》之一。有人说，此诗"最为警绝，后难继者"；有人说，此诗"上联景媚句亦媚，下联居逸趣亦逸"；有人说，每吟此诗总会坐想辋川春日之胜及摩诘闲适于其间也；有人说，读罢此诗令人不觉长歌《归去来辞》。当然，也有人觉得此诗写得不好，俗，且俗在"复""更""家""山"上，此四字不符韵律，若是去掉，便会好很多。其实，这首诗也不一定读韵律，大可独赏其意境的宁静与美：夜雨之后，远山空蒙，近翠欲滴，山家院落里，有花木扶疏，有鸟儿细语，有石径盘转，更有落红铺呈……真美。

　　某一年五六月间抽空去了趟芦芽山玩儿，时逢微雨，夜宿山坳小旅馆。平素大概是习惯了城市的喧嚣，偶宿山间，那出奇的安静倒叫人一夜睡不安稳。拂晓时分，临窗一面山上哗哗的流水声悠悠扬扬，美得更让人心意清醒。于是索性起身，借着朦胧晓色独步旅馆前的柏油路上，空气湿冷冷的，夜雨濯净的路面上时有半黄不黄的落叶及桃粉花瓣凌乱其间，两旁高耸的山崖苍翠欲滴，山身与山顶上薄纱般罩着一层水雾，游游梭梭飘飘绕绕间隐现一角微亮的天空，有山雀脆灵灵的叫声与流水声从那雾幕里传来，费心寻觅去，却始终不见半片羽翎，一丝水影。虽时令地域不尽相同，然那一刻里却忽地想起了王维这首绝句，心底默诵间，一时涌上无限的松缓与安宁之感，顿觉世界清纯，万物美好，没有什么事是拿不起放不下的。此大约亦可谓是陶渊明言下之"会意"矣，更是古诗词给人的感发力量。由此，也便越发喜欢这首诗了。

积雨辋川庄作

王维

积雨空林烟火迟，蒸藜炊黍饷东菑。

漠漠水田飞白鹭，阴阴夏木啭黄鹂。

山中习静观朝槿，松下清斋折露葵。

野老与人争席罢，海鸥何事更相疑。

据题可知，这首诗作于诗人隐居辋川时。诗写诗人生活，首联讲述田家时事，颔联描绘当季风景，颈联转写自己的日常，尾联以为《庄子》《列子》中故事点出心志。

有人说，王维"好取人文章嘉句"，此诗"漠漠"一联便是偷了李嘉祐的断句"水田飞白鹭，夏木啭黄鹂"。有人说，王维是盛唐人，李嘉祐是中唐人，"安得前人预偷来者"，分明是李嘉祐袭用了王维的诗句。究竟谁抄了谁，此桩公案古来就断不清，但到底谁的诗更胜一筹，宋代叶梦得早就讲过且讲得格外好："诗下双字极难，须使七言五言之间，除去五字、三字外，精神兴致，全见于两言，方为工妙。唐人记'水田飞白鹭，夏木啭黄鹂'

为李嘉祐诗，王摩诘窃取之，非也。此两句好处，正在添'漠漠''阴阴'四字，此乃摩诘为嘉祐点化，以自见其妙，如李光弼将郭子仪军，一号令之，精彩数倍。不然，如嘉祐本句，但是咏景耳，人皆可到。要之，当令如老杜'无边落木萧萧下，不尽长江滚滚来'与'江天漠漠鸟双去，风雨时时龙一吟'等，乃为超绝。近世王荆公'新霜浦溆绵绵白，薄晚林峦往往青'与苏文忠公'沉沉炉香初泛夜，离离花影欲摇春'，皆可追配前作也。"比如王维的诗句，就极具美感，前句加了"漠漠"使得水田中飞翔的白鹭有了远距离的朦胧之态，而加了"阴阴"后的夏木使得黄鹂唯有声音不见身影，有了令人追寻不得的意趣。再如杜甫、王安石、苏轼诸句，若都去掉叠词，那诗句就会顿失情致。

此诗不仅"漠漠"一联好，"习静"一句也妙。其中"朝槿"即木槿，小灌木，夏秋开花，花五出，瓣多褶皱，色若腮红，可惜朝开暮落，荣枯瞬时，故旧名为"舜"。古人咏木槿，多从其朝开暮落上发挥，让人醒悟到生命短暂，乃至万法皆空。比如曹魏时期阮籍有《咏怀》云："木槿荣丘墓，煌煌有光色。白日颓林中，翩翩零路侧。蟋蟀吟户牖，蟪蛄鸣荆棘。蜉蝣玩三朝，采采修羽翼。衣裳为谁施，俛仰自收拭。生命几何时，慷慨各努力。"宋代释绍隆有《槿花》云："朱槿移栽释梵中，老僧非是爱花红。朝开暮落关何事，只要人知色是空。"王维的"习静"句，意思大概也相类。这句承上启下，以上是习静时所见，安宁而无尘嚣；以下是习静的结果，即自己像得道后的杨朱一样与人融洽，与世无求。

关于这首诗，历来评论也多。清代黄叔灿《唐诗笺注》云："读此诗，摩诘（王维）心胸恬淡自见。"此论论到了点上。王维的很多诗里都可见这般"恬淡"，如"寒山转苍翠，秋水日潺湲。倚杖柴门外，临风听暮蝉。渡头余落日，墟里上孤烟。复值接舆醉，狂歌五柳前""宿雨乘轻屐，春寒著弊袍。开畦分白水，间柳发红桃。草际成棋局，林端举桔槔。还持鹿皮几，日暮隐蓬蒿""一从归白社，不复到青门。时倚檐前树，远看原上村。青菰临水拔，白鸟向山翻。寂寞於陵子，桔槔方灌园"。从这些诗里，都可以读出一种随时随势生活的恬然态度。

江村即事

司空曙

钓罢归来不系船，江村月落正堪眠。

纵然一夜风吹去，只在芦花浅水边。

　　唐朝大历年前后可谓才子辈出，出过钱起，出过韩翃，出过司空曙等。作为"大历十才子"之一的司空曙，诗工五言，七律写得也好。有人说，他的诗"婉雅闲淡，语近性情"。罗列来看，如"闭门不出自焚香，拥褐看山岁月长。雨后绿苔生石井，秋来黄叶遍绳床"，如"西陵歌吹何年绝，南陌登临此日情。故事悠悠不可问，寒禽野水自纵横"，确有此般意味。这首《江村即事》则最可见出诗人的心性。

　　此诗虽是日常即景，表达出的却是一种闲适自在的生活之趣与态度。开笔的"钓"，是生活之需也好，兴趣使然也罢，皆是所乐；"钓罢归来"，是事尽，也或兴尽。既是乐其所乐，事尽兴尽而归，所以才有了下面的"月落正堪眠"。"正堪"，意思是恰好，是合时，也是合适。某传道书里讲，生有时，死有时，栽种有时，拔出栽种有时……凡事有时，万物有时。这段话引用在此诗中当是：钓有时，归有时，眠有时。人能遵此种种"有时"恬淡地活着，真好。下去"纵然"一笔，往小处讲，是言舟事；往大处理解，则是言事无挂碍的胸次。"只在"一笔，则又是对手心里这般生活的笃定与安享。

有句话说，书有药性，阅读即煎服，药入体内，便会与脏腑血脉发生作用，从而产生新陈代谢。读古诗词则最能令人有这种代谢。叶嘉莹称其为"感发"。同一首诗词，一个人有一个人的感发，百个人有百个人的感发。有位叫陈四益的先生就最善感发，他读杜甫的"星临万户动"，就会想到古代官员驾到，下属及百姓夹道迎送；读李白的"蜀道之难，难于上青天"，就会想到过去有的政府机关审批繁复，关卡重重，平民办事艰难；读骆宾王的《在军中赠先还知己》，就会想到商海流连者们"魂断金阙路，望断玉门关"的样子；读司空曙的这首《江村即事》，又感发曰："因思世间事，往往有相类者。即如人家子女，其人生旅途亦如扁舟一叶。授之舵，授之桨，授之操舟之法，亦已足矣，乃近石虑其触，临水虑其溺，于是呵护至勤，锚之不足，系缆之；系缆之不足，锁链加之；锁链加之不足，日夜守之望之、覆之盖之，终成无用之物。若有'纵然一夜风吹去'之胸襟，放其闯荡，或成另一格局。惜当事者不悟耳。"陈先生大约也是一位爱子心切的父亲，若非如此，也不会有这样一番近乎切身体会的感想。

有人说，司空曙算得是"大历十才子"中最淡泊者。这话倒似不假，单从其诗句中便可看出些端倪。除上诗外，其他如《江园书事寄卢纶》云："种柳南江边，闭门三四年。艳花那胜竹，凡鸟不如蝉。嗜酒渐思渴，读书多欲眠。平生故交在，白首远相怜。"此诗中所流露出的那种清高自适意味也颇不浅。又如《闲园即事寄暕公》云："欲就东林寄一身，尚怜儿女未成人。柴门客去残阳在，药圃虫喧秋雨频。近水方同梅市隐，曝衣多笑阮家贫。深山兰若何时到，羡与闲云作四邻。"此中"暕公"是位方外之士，所以诗人说"欲就东林寄一身，尚怜儿女未成人"。由此句中情怀，再返回去细味"纵然一夜风吹去，只在芦花浅水边"一语，二者之中皆有对烟火尘世的热爱与留恋。以其"纵然"一联比苏轼的"小舟从此逝，江海寄余生"，隐约可见两种心境。

独望

司空图

绿树连村暗，黄花入麦稀。

远陂春草绿，犹有水禽飞。

司空图生逢晚唐，出生于官吏之家，三十三岁中进士，后宦游十多年。再后遇黄巢起义，自此归隐起来。中间曾短暂随侍过逃亡中的僖宗。后半生大部分时间皆在乡间度过，平生所著也大多在此时期成就，所以诗歌内容多见山水乡景。如"几处白烟断，一川红树时。坏桥侵辙水，残照背村碑""宿雨川原霁，凭高景物新。陂痕侵牧马，云影带耕人""幽鸟穿篱去，邻翁采药回。云从潭底出，花向佛前开"。又如这首《独望》。

此诗句句扣题，又句句成境，用村落与水泽的远近视觉变换和以黄花入麦与水泽禽飞的动静感官结合交相叠映出一幅美好乡野春景，令人读之有亲往亲历之感。其中，"黄花入麦稀"一句最为人称道。"入麦"一作"出陌"，二者大抵意同，异在"入麦"点明是麦田，而"出陌"则未必是。就形象来讲，"入麦"似更贴切些。"黄花入麦稀"一句单摘出来，本就是一幅美景。试想，在大片大片绿麦中，星星夹杂些黄花，那画面何其惹人心动。王安石有咏石榴花句云："浓绿万枝一点红，动人春色不须多。"那"一点红"亦需"浓绿万枝"来衬托方才动人。"黄花入麦稀"一句，味同此，理亦同此。

"黄花"即油菜花，因之乃易起薹植物，故又名芸薹、薹芥。生活中堪将"黄色"这种极具金属质地的色泽体现无遗的便是油菜花与菊花。菊花色多，却唯黄色最媚，尤那种野生的小黄菊，风中冉动之样甚是可爱；而油菜花则惯以铺天盖地的广盛为名。司空图此诗绕开此一常态，描绘万绿丛中的几点黄，似更体现了油菜花的别样风致。《齐民要术》里讲，芸薹取叶者七月半种，足霜乃收。取子者则二三月种，五月收。冬天用草覆，亦得取子。司空图的故乡在山西永济，属晋西南地区，那里的油菜入秋播种，至冬大叶凋零，根却在地下长养着，乡人谓其"小人参"，喜采来同小米熬粥喝。来年开春，天一暖，宿根的油菜则会继续生长，抽薹、开花、结籽，生命周期与冬小麦几乎同步。司空图另有《虞乡北原》云："泽北村贫烟火狞，稚田冬旱倩牛耕。老人惆怅逢人诉，开尽黄花麦未金。"这诗所讲，即因新垦之田复加冬天不雨，遂至小麦未赶上油菜的成熟步伐。农谚云"麦收八十三场雨"，即麦子要想收成好，需在八月、十月、三月此三个月中各得一场雨。十月的雨，就是冬雨，也叫底雨，最关键，关乎麦子在来年春天的长势。人谓司空图的诗多淡泊，然依这诗倒可见出诗人潜藏于山水乡景后的那份悯农情怀。

司空图有诗歌美学和理论专著《二十四诗品》，把诗歌分为雄浑、冲淡、纤秾、沉着、高古、典雅、洗练、劲健、绮丽、自然、含蓄、豪放、精神、缜密、疏野、清奇、委曲、实境、悲慨、形容、超诣、飘逸、旷达、流动二十四种风格。他还推崇"象外之象""味外之旨"的诗歌鉴赏与表现手法。苏轼在《书黄子思诗集后》说："唐末司空图，崎岖兵乱之间，而诗文高雅，犹有承平之遗风。其诗论曰：'梅止于酸，盐止于咸，饮食不可无盐梅，而其美常在咸酸之外。'盖自列其诗之有得于文字之表者二十四韵，恨当时不识其妙，予三复其言而悲之。"又在《书司空图诗》中讲："司空图表圣自论其诗，以为得味于味外。'绿树连村暗，黄花入麦稀'此句最善。"苏轼似很欣赏司空图"味外味"的诗论，也认为"黄花"一句最有此等意思。苏轼有诗云："纤纤入麦黄花乱，飒飒催诗白雨来。"有人以为，"纤纤入麦黄花乱"一句即化司空图"黄花入麦稀"而来。其中是非，不得究竟。若是，可见苏轼到底非凡人，"纤纤"句化得颇妙，只取"黄花入麦"的美意，而不照搬旧套，先以"纤纤"拟出绿肥黄瘦之态，复加一个"乱"字，则令黄花俏皮起来，诗境也比本句活泼了很多。

言情篇一

望月怀远

张九龄

海上生明月，天涯共此时。
情人怨遥夜，竟夕起相思。
灭烛怜光满，披衣觉露滋。
不堪盈手赠，还寝梦佳期。

　　古诗词是不可细解之物，尤忌一字一句解，把其中那点堪琢磨的情味全解没了。张九龄这首《望月怀远》则是最不可解者，一解就白汤寡水了，所以只能简单说说脉络。

　　题曰"望月怀远"，全诗紧扣之，以"月"为引，以"怀"为线，起伏相系，交错贯通。起笔言，海上生起了"月"，月之"明"令人望而起绪，思及普天之下，人皆"共"此一时，而有情人更应"共"，"共"此月，"共"此良宵，然可与"共"之人，却不在眼前，于是牵出了"怀远"，牵出了"怨"，牵出了竟夕不眠，牵出了凉露下徘徊，牵出了想借月达情之念，牵出了还寝梦会的无奈祈愿。此番牵三挂四搓棉扯絮般的情思，写得很克制，读来却觉绵密深婉。尤"灭烛怜光满，披衣觉露滋。不堪盈手赠，还寝梦佳期"二联，反复诵之，人的心先起怜意，继而感动，最后绝望……不是谁都配得起这般情意的。

关于诗中情意，即诗人所"怀"为何人，历来看法不同。有说是怀亲友，有说是怀妻子或情人。依诗人另外一首诗中"思君如满月，夜夜减清辉"中"月"的象征意佐看，后者可能性大。有人又据诗人另外一首意韵与此相近的《秋夕望月》猜测，此诗作于诗人贬荆州长史期间，彼时诗人已是六十老翁，老暮之年所怀者，不太可能是女子。就诗中所体现出的那份柔软而不轻佻的情思来看，确实不太可能是少年人能有与能作的。而所谓老暮者所怀不可能是女子一说就有待商榷了。诗人遗世之作不多，且多为感遇诗，清代高阆仙在《唐宋诗举要》里大概缘此推断云：此诗是"以芳草美人之情比忠贤去国之思"。时隔遥远，现在的人实在无法确定古人落笔的初衷。不过，这么美的一首诗，若只照高先生之高见理解，那无异于暴殄天物。

《新唐书》载："九龄体弱，有缊藉。故事，公卿皆搢笏于带，而后乘马。九龄独常使人持之，因设笏囊，自九龄始。后帝每用人，必曰：'风度能若九龄乎？'"所谓风度，即仪表风范。这段话大意是说，张九龄仪态儒雅，举止皆优美于常人，连帝王都为其"风度"所倾倒。如此看来，张九龄真是个相貌、才学、品行皆备者，单就其"设笏囊"一事，便可知他对待职责的端正态度。难怪当时王维在《献始兴公》中赞曰："侧闻大君子，安问党与仇。所不卖公器，动为苍生谋。"王维是个骄傲的人，并不轻易夸人。而杜甫则在《八哀诗》之《故右仆射相国张公九龄》中美誉其品格，似'金璞无留矿'；赞其生质超群，如"仙鹤下人间，独立霜毛整"。也难怪今世才女郭彦在所著书籍中发愿，她若生于古代，定要学男人，娶一个丈夫，纳三个妾。大妾纳苏东坡，因其乐观有趣，还很会做菜；二妾在柳永、晏几道、秦观、周邦彦、姜夔中选一，这些人很风雅，可为生活锦上添花；小妾纳宋玉，秀色可餐。唯一的丈夫，则在王维、李白、孟郊、韩愈、白居易、王安石等人中斟酌量度，最后选定张九龄。缘由是，张九龄官做得大，胸怀也大，有责任心；他长得也不错，学问好，文采好，口才好，和他在一起的大部分时间，她都会在他的言辞中迷醉……郭彦慧眼。不用翻史书，单凭此诗所写情意看，张九龄就可"娶"，可相付终身。

山中与幽人对酌

李白

两人对酌山花开，一杯一杯复一杯。

我醉欲眠卿且去，明朝有意抱琴来。

李白嗜酒，时而月下独酌，"举杯邀明月"；时而和岑夫子、丹丘生宴聚，"会须一饮三百杯"；时而又"山中与幽人对酌"。

幽人，指隐逸的高人。李白虽不"隐"，但骨子里却有"逸"的东西，所以也算得半个幽人。二位幽人茅庵里举杯对酌着……那"山花"开个什么劲儿？莫非是被他们的酒气熏染，被他们的酒意感染，也醉了不成？且不去管它。俗话说，酒逢知己千杯少，因此二位幽人"一杯一杯复一杯"地"对酌"。是三杯？肯定不是。是几杯？不得而知。只知喝到最后，李白这位幽人是醉了，且醉得很可爱，不但叫客人走，还要赖说："我醉欲眠卿且去，明朝有意抱琴来。"《幽梦影》中讲："天下有一人知己，可以不恨。"所谓知己者，必是相互通晓性情的，比如菊之于渊明；比如梅之于和靖；又比如李白之于这位山中幽人。因有了互晓性情的前提，李白才会孩子般地、撒娇般地、耍赖般地"撵"着友人离去，好让他呼呼大睡一觉。"我醉欲眠"一句借用陶渊明语"我醉欲眠，卿可去"，不少人把这句理解为是李白的直率与放达。确是。然这直率与放达若没有好的情义作底，那就是傲慢与失礼。

《月下独酌》的时候，李白可不是这样子的，他边自饮，边劝饮。劝谁？劝月，劝影子。月与影子自是不会饮酒，所以他又发牢骚说："月既不解饮，影徒随我身。"之后，自己是又歌又舞，还一厢情愿地将月与影作为同伴，"及春"而"行乐"，还发誓要与此二者"永结无情游"，那般的潇洒状，比如上之"耍赖"样儿，要有气概得多。《将进酒》里与岑夫子、丹丘生聚饮时，他更是乘兴放逸，不是高谈什么"天生我材必有用，千金散尽还复来"，就是殷勤相劝两位友人说："将进酒，杯莫停""与君歌一曲，请君为我倾耳听"。接下去，大概又是一番载歌载舞。想来，李白醉酒，每必歌而舞之，歌舞之时，岂能少得了琴音相助？怨不得此次酒罢急欲睡，如此地了无意趣，原是少了此物助兴，所以他酒意阑珊将眠未眠之时还在若有所失地与友人盟约说："明朝有意抱琴来。"

杜甫说："李白一斗诗百篇，长安市上酒家眠。天子呼来不上船，自称臣是酒中仙。"李白称誉且独享"酒仙"二字很多年，着实是配得上的。他嗜酒，酒也成全了他。他有许多酒诗，都脍炙人口。一些送别的酒诗，则更是情意绵绵，柔肠寸寸。如"劝尔一杯酒，拂尔裘上霜"，如"相看不忍别，更进手中杯"，如"龙泉解锦带，为尔倾千斛"。每每读这样的诗，就不由得生出种种猜想。

月夜

杜甫

今夜鄜州月，闺中只独看。

遥怜小儿女，未解忆长安。

香雾云鬟湿，清辉玉臂寒。

何时倚虚幌，双照泪痕干。

　　"安史之乱"爆发后，安史叛军一路攻陷洛阳，后又攻潼关，入白水，杜甫一家则先是从奉先避乱至潼关以北白水县的舅父处，后又逃往鄜州羌村。唐肃宗元年（七五六）七月，杜甫获悉肃宗在灵武即位，于是从鄜州只身奔向灵武，不料途中被叛军所俘，押回长安，时节恰逢中秋前后，他被禁于破败的长安城中，睹月思家，故作此诗。

　　此诗历来受人称赞。有人谓其构思独特：一、二句本是自己思家，却偏以对面来写，所用是反笔；三、四句本是言妻子念己之渴，却偏说小儿女不懂得想人，此又乃借叶衬花，所用亦是反笔；五、六句则紧接"遥忆"，又暗切"月夜"，笔法

严丝合缝。有人又说此诗意韵流畅：首联身在长安，却以对方角度来写，颔联"遥忆"似又转回身份所在，颈联写妻子之态，似又回到对方处，尾联双绾，一语托出二人心意，诗人的思绪在两地间来去折返，可谓回转有余，流畅不滞。说实话，诸如此类看法及总结都不错，都堪称独到。不过，杜甫在彼时彼境下写这首诗时，提前谋篇布局的可能大概非常小，此诗更像是他思亲之情难抑且情动于衷的自然联想与流露。所以，读此诗不该只留意笔法，而更当着意其中的夫妻之情。莫论别的，单只用心体会那"香雾"，那"玉臂"，其中暗含多少爱怜，多深的思念，岂是后人能解尽的；再用心体会那"何时"，那"双照"，其中又是怎样的憧憬，怎样的切盼，又岂是后人能释清的。读这样的诗，人除了感动，多说一句，都是赘笔。

此外有两点分歧。有人说，"香雾"二句是写小儿女的。此说有待商榷。试想，若果是写小儿女，以"香"以"玉"修饰，似不太妥帖。有人又说，此二句是写嫦娥（月亮）的。此说倒有些道理。不过，纵是写月亮，那也是比兴，最终还是要归结到"闺中人"的身上，若非如此，此诗的人情与风采就会折损。还有人说，杜甫诗一贯以沉郁闻名，类此绮丽之语，不该出自他笔下，遂疑是伪作。说这话的人真是冷心肠。杜甫虽有"诗圣"之名，却非泥胎塑像，而是有血有肉的人，又逢战乱阻隔，夫妻分离日久，佳节月夜下焉能不思念她，既思念她，焉能不思及她的千般万般的美与好，唯此才符合人之常情。

杜甫有很多写妻子的诗。快乐如"老妻画纸为棋局，稚子敲针作钓钩""昼引老妻乘小艇，晴看稚子浴清江""却看妻子愁何在，漫卷诗书喜欲狂"；忧伤如"经年至茅屋，妻子衣百结""何日干戈尽，飘飘愧老妻""偶携老妻去，惨澹凌风烟"；痛则如"妻子山中哭向天，须公枥上追风骠"。而最温情脉脉则要数这首《月夜》。

细读这些诗便会发现，杜甫写妻子，爱称"老妻"。何为"老"？青春不再，是一种"老"，但不离不弃相伴日久更是一种"老"。杜甫三十多岁娶妻，之后生活一直不太富裕，也不安稳，先是旅食京城谋仕途，后又遇战乱，逃荒流寓各地，妻子则始终不离不弃，为他守着家，陪他各处辗转。仕途与生活不顺时，杜甫亦常借佛法调整心态。某次与人谈禅，作《别李秘书始兴寺所居》云："……重闻西方止观经，老身古寺风泠泠。妻儿待我且归去，他日杖藜来细听。"某次寻寺访僧，作《谒真谛寺禅师》云："……问法看诗忘，观身向酒慵。未能割妻子，卜宅近前峰。"可见，杜甫对于佛法始终无法全情投入，他一颗热扑扑的心始终牵挂着妻小，妻小就是他在尘世任谁都无法取代的温暖与力量。

得舍弟消息

杜甫

风吹紫荆树，色与春庭暮。

花落辞故枝，风回返无处。

骨肉恩书重，漂泊难相遇。

犹有泪成河，经天复东注。

据宋代黄鹤所注，这首诗作于唐乾元元年（七五八）暮春。当时，杜甫从左拾遗的位置上被贬到华州任司功参军，初由京城抵至贬地，同时得到远往河南的弟弟来信，又恰见风中紫荆花落，所以感慨万千，写下此诗。

紫荆是落叶灌木，一名满条红，叶似掌，开紫红色细碎小花，花梗短，贴枝而放，放则成团簇状，团团簇簇的花朵拥挤枝头，一派亲密无间模样。《艺文类聚》卷八十九引周景式《孝子传》曰："古有兄弟，忽欲分异，出门见三荆同株，接叶连荫。叹曰：'木犹欣聚，况我而殊哉。'还为雍和。"南北朝吴均所撰《续齐谐记》里也讲一个类似的传说故事。此后，紫荆便有了家庭和睦、兄弟相亲的寓意。杜甫此诗以"风吹紫荆树"一句起笔，既点明时令当是暮春，也是借紫荆的这个寓意起兴，往下以花落辞树、风回无返来喻写他们兄弟骨肉分离，东行的东行，西去的西去，各自奔波于仕途上，漂泊不定，相会无期。他想到这些，难过之情不可抑，因而不由得泪如倾河。

　　杜甫是深情之人，对亲情很看重，四弟一妹虽非一母所生，他却爱护有加。有学者推断，杜甫父亲官阶至五品，他在父亲辞世后大概是将资荫、资产皆让与了诸弟，自己则凭靠应试、干谒及献赋等方式四处辛苦求仕。遗憾的是，辛苦求得的仕途却并不顺遂，他在左拾遗的位置上没干多久便被贬往华州，在华州任上亦短暂停留些时，也就是在写下这首诗后不久，便遭遇了战乱饥荒，于是弃官西去。杜甫在后半生的流寓生涯中，与弟妹们更是遥隔万里，对弟妹们的牵念也更甚，也常因此"犹有泪成河"。如在秦州时有诗云："干戈犹未定，弟妹各何之。拭泪沾襟血，梳头满面丝……"在蜀中时有诗云："西山白雪三城戍，南浦清江万里桥。海内风尘诸弟隔，天涯涕泪一身遥……"在阆州时有诗云："……鬓毛元自白，泪点向来垂。不是无兄弟，其如有别离。巴山春色静，北望转逶迤。"在夔州时有诗云："……长葛书难得，江州涕不禁。团圆思弟妹，行坐白头吟。"在湖南时有诗云："……赋诗犹落笔，献寿更称觞。不见江东弟，高歌泪数行。"一个大男人，涕泪俱下，若非真情难抑，实在找不到别的道理。难怪清代浦起龙在所撰《读杜心解》里感叹道："公（杜甫）以质语露真情，凡兄弟诗皆然。"

古来咏紫荆花的诗词不少，除了杜甫这首，还有一首也该读读，即宋代韦骧的《紫荆花》："紫艳暮春庭，少陵诗思清。老蛟蟠曲干，丹矿缀繁英。花谱元无品，春工别有情。不随桃李色，俗眼莫相轻。"此诗虽未见得有多好，但话说得在理。有了杜甫赋予紫荆的"诗思"，紫荆在世人眼里，从此变得更不同。

夏夜宿表兄话旧

窦叔向

夜合花开香满庭，夜深微雨醉初醒。

远书珍重何曾达，旧事凄凉不可听。

去日儿童皆长大，昔年亲友半凋零。

明朝又是孤舟别，愁见河桥酒幔青。

合欢是夏季开花。清代陈淏子所撰《花镜》云："树似梧桐，枝甚柔弱。叶类槐，荚细而繁。每夜，枝必互相交结，来朝一遇风吹，即自解散，了不牵缀，故称合昏，又名夜合。"窦叔向此诗即以合欢起笔，借合欢花枝夜合朝散之性做比，讲述自己与久别候逢的表兄夜里话旧且明朝惜别的事。

"夜合""夜深"二句，既是对诗题"宿表兄"的照应，其中宁静氛围又格外能惹衬人的话旧情绪。这情绪，由远书"何曾达"起叹，继而凄至旧事"不可听"，喜至"儿童皆长大"，悲至"亲友半凋零"，又急转至"明朝"的孤舟再别。整诗结构紧凑，行笔一泻而下，情绪却百转千回，五味杂陈。末句所谓"又是"，既是惜别，亦属话旧；"又"之前是往事历历在目，"又"之后是今别依依不舍。此二字，乃全诗的重点，也是最触动情肠的地方。然而，纵是如何不舍，也抵不住离别在即，"又"别之后，大约又将是新一轮从"远书"至"亲友半凋零"的重演，或者比之更令人难以预见。

金圣叹先生批此诗曰："远书"一联所述，乃人人常有之事，偏诗人能写得出；"去日"一联所述，亦属人人同有之事，人人欲说之话，诗人不仅能写得出，还写得甚为"挑动"。"挑动"二字论得妙。此诗真的很能"挑动"人情，就中滋味，中年以上且经历过人生起伏及离聚悲欢的人怕是最能感同身受。尤"去日"一语，真能令万千背井离乡之人泪下，而"明朝"一联，则又可令千万聚少离多之人哽咽。

古诗中描写亲友久别暂聚的并不少。另如李益的《喜见外弟又言别》云："十年离乱后，长大一相逢。问姓惊初见，称名忆旧容。别来沧海事，语罢暮天钟。明日巴陵道，秋山又几重。"这首诗也写得质朴感人，其中"问姓惊初见，称名忆旧容"一语，使人宛见兄弟相见又惊又喜又怆的神情。"别来"一联，意同窦叔向笔下的"远书""旧事""去日""昔年"四句所叙，可谓将兄弟间经年不见的辛酸一笔写尽。而"明日巴陵道，秋山又几重"中的言别之味，似又比窦叔向的"明朝""愁见"一联更牵人肠。二诗对比，就所抒发的亲情而言，皆可谓"挑动"。

淮上喜会梁州故人

韦应物

江汉曾为客，相逢每醉还。

浮云一别后，流水十年间。

欢笑情如旧，萧疏鬓已斑。

何因北归去，淮上对秋山。

此诗不论从结构还是情感，皆可谓起伏婉转，妙极。试看，"曾为客"一起，"每醉还"一伏；"一别后"一起，"十年后"一伏；"情如昨"一起，"鬓已斑"一伏；"北归去"一起，"对秋山"一伏。整句也一样，"江汉"二语与"浮云"二语是一转折；"欢笑"二语与"何因"二语又是一转折，可谓铺陈衔接得格外好。此诗更好之处，是用朴素不华之言把人世更迭的无奈及人与人之间那点温暖的情意道尽。试想，当初曾同为"江汉"客的两个友人，十年之后再相逢，世事变了，人也老了，头发也白了，可难得的是"情如旧"。于是欢笑把酒话沧桑，大约有说不完的故事。尤相会之后梁州的故人要北归，诗人以"淮上对秋山"来挽留，更见二人志趣不俗，情意温暖。

上海古籍出版社出版的《韦应物集校注》载有"无名氏甲"对此诗的一段论述："大抵平淡诗非有深情者不能为，若一直平淡，竟如槁木死灰，曾何足取。此苏州（韦应物）三首，极有深情，所谓'看似寻常最奇崛，成如容易却艰难'也。"此中"三首"，即包括这首《淮上喜会梁州故人》及另外两首。一是《扬州偶会前洛阳卢耿主簿》："楚塞故人稀，相逢本不期。犹存袖里字，忽怪鬓中丝。客舍盈樽酒，江行满箧诗。更能连骑出，还似洛桥时。"一是《月夜会徐十一草堂》："空斋无一事，岸帻故人期。暂辍观书夜，还题玩月诗。远钟高枕后，清露卷帘时。暗觉新秋近，残河欲曙迟。"后二诗写的也是"会"友。同样是会友之作，对于《淮上喜会梁州故人》一诗历来人们似赞美有加，对于后二诗却看法不尽相同。清代纪昀就觉得《月夜会徐十一草堂》亚于《淮上喜会梁州故人》，《扬州偶会前洛阳卢耿主簿》则最次，全诗浅薄无佳处。其实，这三首诗写得都不错。比如"浮云一别后，流水十年间"，"欢笑情如旧，萧疏鬓已斑"；"楚塞故人稀，相逢本不期"，"犹存袖里字，忽怪鬓中丝"；"空斋无一事，岸帻故人期"，"暂辍观书夜，还题玩月诗"，这些话讲得都直朴得近乎于笨，却给人一种很温暖的感觉。

朴笨真挚是韦应物诗的一个特点，也是亮点。

韦应物另有《寒食寄京师诸弟》云："雨中禁火空斋冷，江上流莺独坐听。把酒看花想诸弟，杜陵寒食草青青。"此诗也朴素，也是笨笨地讲话，他虽直言"把酒看花想兄弟"，但毫不影响全诗的美感，读来还觉得格外真诚。就中"杜陵"之遥想，是王维《九月九日忆山东兄弟》中"遥知"的情致，且借意《楚辞·招隐士》"王孙游兮不归，春草生兮萋萋"含蓄结尾，又更加衬托前情。韦应物集中写给"诸弟"的诗不少，另有《郊园闻蝉寄诸弟》《新秋夜寄诸弟》《闲居寄诸弟》等，无一不朴素情切。此外又如《送李儋》云："别离何从生，乃在亲爱中。反念行路子，拂衣自西东。日昃不留宴，严车出崇墉。行游非所乐，端忧道未通。春野百卉发，清川思无穷。芳时坐离散，世事谁可同。归当掩重关，默默想音容。"友人远行，念其程而恋其人。尤"归当"二句，实乃真情不饰之语。再如《燕李录事》云："与君十五侍皇闱，晓拂炉烟上赤墀。花开汉苑经过处，雪下骊山沐浴时。近臣零落今犹在，仙驾飘摇不可期。此日相逢思旧日，一杯成喜亦成悲。"故人相逢，娓娓细数从前，且毫不遮饰，直写悲喜交加，读来感人。

戏问山石榴

白居易

小树山榴近砌栽，半含红萼带花来。
争知司马夫人妒，移到庭前便不开。

好文章，不是有理，便是有情，要么有趣。好诗也一样。白居易这首诗便是一首颇有情趣的小诗。

白居易很爱花草，喜欢在自家院子里栽花种草。四十多岁时，他被贬江州任司马，先住在官舍里，后筹资购得一宅，举家迁入，于是便在房前屋后栽种了不少花木，也写了很多栽花种树的诗，此诗大概作于当时。他说，移了含苞的杜鹃（山石榴）种在阶前，惜乎不开花，想来杜鹃花大概知道"司马夫人"好嫉妒，怕开了以后被用刀砍死，遂不敢开。"司马夫人"即指他的妻子。"移到庭前"一句则典自南朝宋国虞通之所撰《妒记》里的故事："武历阳女，嫁阮宣武，无道妒忌，禁婢。瓯覆盘盖，不得相合。家有一株桃树，华叶灼耀，宣叹美之，即便大怒，使婢取刀斫树，摧折其华。"此诗题为"戏问山石榴"，一来是借此典故所作的"戏"笔，二来所要"戏问"的大概是自己的夫人，想来是移栽的杜鹃总不见开花，夫妇皆纳闷儿，因而于日常里作的调笑之语。

　　白居易结婚以前，曾心有所爱，却无结果。三十多岁时，娶妻杨氏，是友人之妹。白居易很风流，他的风流人尽皆知，尤至晚年，似更甚。由此可见，这位"司马夫人"并不"妒"，果若"妒"，他也不至于留下那么多风流轶事令后人说道。而他所移栽的杜鹃花之所以不开，若非栽种不得法，便是因"半含红萼带花来"之故，也就是移植时机不对，遂不易成活，更别说开花。他写这首诗与妻子调笑作乐，又可见夫人颇通文墨，与他也算情趣相合。翻读白居易一生所作"赠内"诗，亦可证明这点。如新婚时他写下《赠内》五言长诗，讲了自己欲与妻子相守一生的愿望。服母丧时又作《赠内》一首，安慰妻子"莫对月明思往事，损君颜色减君年"。左迁江州的途上也写过一首《舟中赠内》，很体恤地说"三声猿后垂乡泪，一叶舟中载病身。莫凭水窗南北望，月明月暗总愁人"。六十三岁时又作《老去》诗，细数对妻子的感激。七十一岁时又作《二年三月五日斋毕开素当食偶吟赠妻弘农郡君》诗，吟咏与妻子白头到老的喜悦。白居易还有不少侧面写妻子的诗，如"独对多病妻，不能理针线""莱妻卧病月明时，不捣寒衣空捣药""贫友远劳君寄附，病妻亲为我裁缝"等。从这些诗中大概可以了解到，白居易与妻子感情很好，且妻子似体弱多病，所以能与白居易共同生活至老，想来非常难得，也确是值得庆幸之事。

白居易另有首《喜山石榴花开》云："忠州州里今日花，庐山山头去时树。已怜根损斩新栽，还喜花开依旧数。赤玉何人少琴轸，红缬谁家合罗袴。但知烂漫恣情开，莫怕南宾桃李妒。"这首诗作于忠州，即在谪居江州之后改任忠州刺史时期。据诗可知，他移植杜鹃花的技术已经很不一般了，连根部受损的花都能植活，并且花开依旧。当然，就中"恣情开""莫怕南宾"等看，这首咏杜鹃花的诗显然有所寄意。

木芙蓉花下招客饮

白居易

晚凉思饮两三杯，召得江头酒客来。
莫怕秋无伴醉物，水莲花尽木莲开。

古诗词中很有些解不得之作。比如李白的"白发三千丈""飞流直下三千尺""会须一饮三百杯"就解不得，又如"燕山雪花大如席，片片吹落轩辕台""一风三日吹倒山，白浪高于瓦官阁""南湖秋水夜无烟，耐可乘流直上天"亦解不得。解不得的诗，唯可意会。白居易的很多诗，也解不得。比如这首诗，写得极朴素无华，朴素无华到解无可解，所以解不得。

此诗虽解不得，情趣却耐思量。诗中的水莲，即莲花；木莲，即木芙蓉。木芙蓉生于南方，属落叶灌木，干高四五尺，花朵甚大，常见淡粉或粉红色，仲秋始放，花期可至孟冬，花样略似莲，而莲又有"水中芙蓉"之谓，故白居易将二者放在一起类比说来。木芙蓉性忌干旱，耐水湿，喜临水而生。《长物志》云："（木）芙蓉宜植水岸，临水为佳。若他处植之，绝无丰致。"此诗

作于杭州。"秋"虽至，"水莲花"虽开尽，然有西湖水畔"晚凉"风摇拂着，木芙蓉叶婆娑而花照水，夜月之下，丰致愈见。酒客收到白居易的这首招饮小诗，遥思此景，复思酒香，焉能抵抗着不去赴约。可以想见，客至主欢，主客花下即饮即叙，木芙蓉"佳人"（白居易另有断句咏木芙蓉"晚涵秋雾谁相似，如玉佳人带酒容"）似的从旁作陪，则更就酒不醉人花醉人了，又岂能不尽兴。

　　白居易善饮，经常招人共饮。秋天，他用"木芙蓉"招人来饮；春天，他用樱花、桃花、杏花招人来饮，如《感樱桃花因招饮客》《华阳观桃花时招李六拾遗饮》《杏园花落时招钱员外同醉》。夏天，他又以夜色招人来饮："海天东望夕茫茫，山势川形阔复长。灯火万家城四畔，星河一道水中央。风吹古木晴天雨，月照平沙夏夜霜。能就江楼消暑否，比君茅舍较清凉。"冬天，则燃好小炉，温好酒，给人捎便条曰："晚来天欲雪，能饮一杯无。"若有人收到招饮便条不赴约，他便写诗发牢骚："古人惜昼短，劝令秉烛游。况此迢迢夜，明月满西楼。复有盈樽酒，置在城上头。期君君不至，人月两悠悠。照水烟波白，照人肌发秋。清光正如此，不醉即须愁。"可见，做白居易的朋友真不易，能文会诗之外，还必得具有好酒量与好情致，素日里陪他楼上饮、花下饮、雪后围炉饮还不够，一旦不赴约，他就写诗诉苦，就"不醉即须愁"，此时便又需备得一副柔肠去怜，去体恤。不过，若为赚他多写些此类有趣好读的招饮诗，纵舍命相陪，倒也不亏。

问刘十九

白居易

绿蚁新醅酒，红泥小火炉。
晚来天欲雪，能饮一杯无。

　　人多谓白居易是个俗人。的确，比起李白的"仙"、杜甫的"圣"，白居易是最贴近俗生活的人。他爱诗书，爱风月，爱美人，更爱酒。白居易饮酒，不"举杯邀明月"，也不"掩抑泪潺潺"，动不动就"招得江头酒客来"。这首诗即招饮诗。

　　此诗与其说是诗，毋宁说是一招饮便条，且这便条写得雅致，说的事也雅致。"绿蚁新醅酒"，意即美酒新酿成；"红泥小火炉"，意即温酒器具已备好；"晚来天欲雪"，意即正是把酒闲饮的好天气；最后一句归题，问"能饮一杯无"。其中，"绿蚁""红泥"二句是幅画，寂寞的画，画中诗人披衣坐于小儿前，守着一炉红火，一边温酒，一边待客。"晚来天欲雪"亦是幅画，寂静的画，是前面那寂寞画之大背景。而"能饮一杯无"之"一杯"则可见诗人之意，并不全在酒也。

白居易另有《刘十九同宿时淮寇初破》云："红旗破贼非吾事，黄纸除书无我名。唯共嵩阳刘处士，围棋赌酒到天明。"据此看，围棋赌酒也好，把酒共话也罢，酒不过是主客同遣寂夜、共慰寂怀之介质而已。

张九龄有《答陆澧》云："松叶堪为酒，春来酿几多。不辞山路远，踏雪也相过。"此诗与白居易的诗有异曲同工之妙。不同是，一个是邀约，一个是赴约。

古人凡事多雅致。有某男子，思念归宁之妻，于是托人捎一行字去："陌上花开，可缓缓归矣。"有某女子，给远行夫君织了双袜子托人捎去，一并也捎去一行小字："愿着之，动与福并。"有某人，摘了自家园中一些橘子派人送给朋友尝鲜，并赋帖曰："奉橘三百枚，霜未降，未可多得。"还是此人，重阳节欲邀友一起上山采菊，则又派人捎去一帖云："九日当采菊不，至日欲共行也。俱不知当晴不耳。"另有一人则欲同好友共赏春景，便作《南乡一剪梅》代柬云："南阜小亭台，薄有山花取次开。寄语多情熊少府，晴也须来，雨也须来。随意且衔杯，莫惜春衣坐绿苔。若待明朝风雨过，人在天涯，春在天涯。"……罗列可见，古人总能将一些平平常常的生活过得甚有诗意，也别有情趣，实在令人羡慕。

酬乐天扬州初逢席上见赠

刘禹锡

巴山楚水凄凉地，二十三年弃置身。

怀旧空吟闻笛赋，到乡翻似烂柯人。

沉舟侧畔千帆过，病树前头万木春。

今日听君歌一曲，暂凭杯酒长精神。

　　古人文雅，素日往来好以诗词唱和。因政治风云，刘禹锡被贬为外官近二十三年后应召回京，途遇同样被贬后召回的白居易，二人置酒对酌。白居易写了首《醉赠刘二十八使君》云："为我引杯添酒饮，与君把箸击盘歌。诗称国手徒为尔，命压人头不奈何。举眼风光长寂寞，满朝官职独蹉跎。亦知合被才名折，二十三年折太多。"他则写了这首回赠。白居易说：你给我斟满杯酒，我为你击箸歌一曲。你虽满腹经纶，却敌不过命运压头。别人风光你寂寞，别人高官你蹉跎。亦知你是为才所累，可这二十三年你失去的真是太多了。白居易的声声体恤及声声为友鸣不平估计是惹得刘禹锡两眼热泪一腔感动，他回赠白居易说：我在凄凉荒远之地一待就是二十三年。眨眼间，老友四散，物是人非。宦海沉浮，且任那些风光的风光去，荣耀的荣耀去。今日听君为我鸣不平，我倾杯一饮，精神百倍。

白居易说得没错，刘禹锡有才，但他也就受累在了有才上，也受累在了倔强的性子上。他每次被贬后召回，都会写首诗发泄情绪，于是又被抓住把柄，再遭放逐。如此周而复始，从三十三岁到五十五岁，他几乎做了半辈子不起眼的刺史。恰因常被贬到外州任职，刘禹锡对所到地方的民俗民风颇有领略，创作了许多夹杂各地民歌味道的《竹枝词》。摘几首："杨柳青青江水平，闻郎江上踏歌声。东边日出西边雨，道是无晴却有晴。""山桃红花满上头，蜀江春水拍山流。花红易衰似郎意，水流无限似侬愁。""瞿塘嘈嘈十二滩，此中道路古来难。长恨人心不如水，等闲平地起波澜。"刘禹锡还仿南朝乐府旧题《长干行》写过《淮阴行五首》。有首写得甚可爱："何物令侬羡，羡郎船尾燕。衔泥趁樯竿，宿食长相见。"男女分别在即，女方居然羡慕起男方船尾的栖燕，为的是能片刻不离，时时相见。宋人周邦彦有阕《醉桃源》云："冬衣初染远山青，双丝云雁绫。夜寒袖湿欲成冰，都缘珠泪零。情黯黯，闷腾腾，身如秋后蝇。若教随马逐郎行，不辞多少程。"此中借"蝇附骥尾以致千里"之典拟一位思妇切切之离情也妙到毫巅。与刘禹锡的"船尾燕"相较，略显凄苦，少些活泼。

据说，当初他被贬至安徽和州任刺史时，和州知县落井下石，故意安排他住在城南临江的地方。刘禹锡未见怨色，很痛快

便住下，并于门上贴一联："面对大江观白帆，身在和州思争辩。"知县知道后，气急败坏，又让他搬到城北，房子也比原来的小一半。刘禹锡又乐呵呵住下，且又在门上贴一联："垂柳青青江水边，人在历阳心在京。"知县见他日子过得优哉优哉，就又不高兴了，再次让他搬家。就这样，家越搬越小，小到只可容一床、一桌、一椅。也就是这个小屋，成就了他的《陋室铭》："山不在高，有仙则名。水不在深，有龙则灵。斯是陋室，唯吾德馨。苔痕上阶绿，草色入帘青。谈笑有鸿儒，往来无白丁……"

人这一生，苦哈哈也是活，乐呵呵也是活，到底该怎么活，兜兜转转做了几十年司马、刺史的刘禹锡或许就是答案。

闻乐天授江州司马

元稹

残灯无焰影幢幢，此夕闻君谪九江。
垂死病中惊坐起，暗风吹雨入寒窗。

　　元稹和白居易是好友。唐元和五年（八一〇）三月，元稹因弹劾不法官吏得罪权贵被贬江陵，白居易一下给他写了二十多首诗，一来相慰，二来供他贬途闲读，聊以遣闷。谪江陵期间，元稹曾染瘴疾，白居易闻之，又急急托人带药给他。元和十年三月，元稹改授通州司马。同年八月，白居易因上书请求彻查宰相武元衡被藩镇军阀李师道勾结宦官暗杀身亡一案得罪权贵，被贬为江州司马，当时正在通州病中的元稹闻此讯后，写下此诗。

　　诗写得朴实而情真，很感人。起笔"残灯无焰"一句，既绘出彼时夜境，又况出彼时己境。诗人谪居通州，心情本就晦暗不佳，复又久病不痊，情绪上也就难免愁苦。恰此时候，又闻好友"谪九江"的消息，就更似晴天霹雳，犹如雪上加霜。此至愁至苦至惊至痛相袭下，焉能不使病将"垂死"之人"惊坐"而起。

"垂死病中惊坐起"是惹人眶热的句子；"暗风吹雨入寒窗"则是叫人哑然的句子。读此二句，人眼前分明可见诗人披头散发兀兀然坐于暗夜灯下，将一腔难言之情绪，浸淫于扑窗而入的凄风冷雨中……此诗读来，颇似情诗，就其情切难抑之状，仿若情人远隔，乍得消息。

元稹是个情意绵绵的人，他写给白居易的好多诗都像情诗。如"远信入门先有泪，妻惊女哭问何如。寻常不省曾如此，应是江州司马书"。其中泪澜澜之觉，好似情人久别，蓦见信物。如"山水万重书断绝，念君怜我梦相闻。我今因病魂颠倒，唯梦闲人不梦君"。其中幽怨连连，又似情人低语，互诉衷肠。

此诗作罢，元稹托一个叫熊孺登的人带给谪居江州的白居易，一并带去的还有他生病的消息及病中为白居易收集的几包文章。睹物读诗后，白居易很激动，他在后来写给元稹的信中说："此句（此诗）他人尚不可闻，况仆心哉！至今每吟，犹恻恻耳。"还说：微之（元稹的字）啊微之，你我已三年不曾谋面了，两年来也未收到你的只言片语，人生统共能有多少日子，怎经得起你我这样长久的远别？何况是把两颗胶漆般亲密的心，放在天南海北的两个身上，叫人见也见不着，忘也忘不了，相互牵念得头发都要白了。微之啊微之，天意弄人如此，该怎么办啊！白居易这封信的情味，亦凄切缠绵，状若心意互属的情人。

《唐才子传·元稹》载："微之与白乐天最密，虽骨肉未至，爱慕之情，可欺金石……"屈指算算，元、白之谊始于贞元十九年，终于大和五年元稹病逝，前后达近三十年。二人除了生活上的互助互念外，诗文上也相互欣赏，其中唱和的诗歌就多达"九百章"。元稹病逝后，白居易抚棺大呼，后作挽诗三首，末篇云："从此三篇收泪后，终身无复更吟诗。"想来，好友走了，唱和诗是不能作了，但好友留下的那些病中为他收集的文章，留下的"垂死病中惊坐起，暗风吹雨入寒窗"之句，白居易每睹每吟，怕更要"恻恻耳"了。

汉宫词二首（其一）

鲍溶

月映东窗似玉轮，未央前殿绝声尘。
宫槐花落西风起，鹦鹉惊寒夜唤人。

　　这是首写后宫人寂寞幽怨的诗，即宫怨诗。写人寂寞幽怨，
却全篇不见人，只一句"鹦鹉惊寒夜唤人"，人也有了，寂寞幽
怨也有了。试想，死寂沉沉的后宫夜下，连笼中的鸟儿都"惊
寒"，都渴望温暖，况乎人。

　　古来宫怨诗不乏佳者。如白居易《宫词》云："泪尽罗巾梦
不成，夜深前殿按歌声。红颜未老恩先断，斜倚薰笼坐到明。"此
诗完全是直笔，读来却不觉得直，反有无限余味缭绕。试想，"红
颜未老"便已要独自守着薰笼坐到天明，那么往后漫长岁月又
该如何挨过。又如李白《玉阶怨》云："玉阶生白露，夜久侵罗
袜。却下水晶帘，玲珑望秋月。"此诗可谓宫怨诗中最"小"的
一首，也是最好的一首。其中言极淡而意极深，写盼望而不见盼
望，写失望而不见失望，写"怨"而不见"怨"，"只二十字，

藏无数神情"，真是含蓄不尽，也令人回味不尽。"玉阶怨"是乐府古题，是专写"宫怨"的曲题，古来同题诗也不少。李白之前，如谢朓《玉阶怨》云："夕殿下珠帘，流萤飞复息。长夜缝罗衣，思君此何极。"虞炎《玉阶怨》云："紫藤拂花树，黄鸟度青枝。思君一叹息，苦泪应言垂。"李白之后，如曹勋《玉阶怨》云："堂上烬银釭，闺中下罗幕。思君度遥夕，长于金井索。"徐庸《玉阶怨》："宫院生秋草，流萤入夜飞。玉阶零白露，凉沁越罗衣。"诸诗皆写得过直，不及李白那首。

朱庆余《宫词》云："寂寂花时闭院门，美人相并立琼轩。含情欲说宫中事，鹦鹉前头不敢言。"凡写宫怨的诗，多写女主独处，此诗则写"美人并立"，大概二佳丽皆是寂寞人，有幸相逢，本欲互吐衷肠，奈何鹦鹉在前，怕它学舌，不敢多言，只得将心事各自咽下，此则诗意所在。同样是借"鹦鹉"说话，朱诗颇新妙，比之鲍诗，似丝毫不逊。

王昌龄《春宫曲》云："昨夜风开露井桃，未央前殿月轮高。平阳歌舞新承宠，帘外春寒赐锦袍。"同是"未央前殿"故事，鲍诗中人"寒"到鹦鹉直叫，王诗中人却新得了"锦袍"，而鲍诗中人也曾有过"锦袍"穿，王诗中人日后也未必不会"花落西风起"，"鹦鹉"夜"惊寒"。悲哀的是，这寒与不寒，皆在君主的一念之间。这大概就是古来宫怨诗的意义所在。

除《汉宫词》外，鲍溶还有好诗。如《南塘》云："南塘旅舍秋浅清，夜深绿蘋风不生。莲花受露重如睡，斜月起动鸳鸯声。"此诗静极，想来受用。末句是王维"月出惊山鸟"之意，旨在托出前三句所营造的秋夜之静。《山中怀刘修》云："松老秋意孤，夜凉吟风水。山人在远道，相忆中夜起。春光如不至，幽兰含香死。响象离鹤情，念来一相似。月斜掩扉卧，又在梦魂里。"此乃叙说一段秋夜怀人情绪。诗人以孤松自比，以离鹤之情自比，可谓醒里梦里皆是那"山人"，心思实在痴缠。此诗似可与张九龄《望月怀远》比读。

官舍迎内子有庭花开

卢储

芍药斩新栽，当庭数朵开。

东风与拘束，留待细君来。

此诗是卢储出仕为官后派人接"细君"（妻子）赴其任所时
所作。卢储是个解风情的人，为了迎接妻子来，他特在庭院中栽
植了芍药花，他盼着她来时，花儿正好能开放，能让她欣赏到，
然他不直言此意，偏将这份温柔心转借"东风"来表达，此即此
诗之好。

唐宋诗中类此之作不少。如戎昱《湖南春日》云："三湘
漂寓若流萍，万里江乡隔洞庭。羁客春来心欲碎，东风莫遣柳条
青。"如刘长卿《送李判官之润州行营》云："万里辞家事鼓鼙，
金陵驿路楚云西。江春不肯留归客，草色青青送马蹄。"如欧阳
修《答钱寺丞忆伊川》云："之子问伊川，伊川已春色。绿芷杂
芳浦，青溪含白石。山阿昔留赏，屐齿无遗迹。唯有岩桂花，留
芳待归客。"如杨万里《巳未春日山居杂兴》云："手种花王五百

窠，半来枯瘁半萌芽。东风未要都开了，每日教开三两花。"如陈与义《入山》云："出山复入山，路随溪水转。东风不惜花，一暮都开遍。"这一类诗连同卢诗在内，大体不出李白"春风知别苦，不遣柳条青"之意。

晏殊有阕《少年游》云："重阳过后，西风渐紧，庭树叶纷纷。朱阑向晓，芙蓉妖艳，特地斗芳新。　霜前月下，斜红淡蕊，明媚欲回春。莫将琼萼等闲分，留赠意中人。"此中情思与卢储诗中意一样。同样的心思，读来却一个直切，一个婉曲，意味迥然，这大概就是诗与词的不同。

诗中"细君"有一趣典。《汉书》卷六十五《东方朔传》载："伏日，诏赐从官肉。大官丞日宴不来。朔独拔剑割肉，谓其同官曰：'伏日当蚤归，请受赐。'即怀肉去。大官奏之。朔入，上曰：'昨赐肉，不待诏，以见割肉而去之，何也？'朔免冠谢。上曰：'先生起，自责也。'朔再拜曰：'朔来，朔来，受赐不待诏，何无礼也！拔剑割肉，一何壮也！割之不多，又何廉也！归遗细君，又何仁也！'上笑曰："使先生自责，乃反自誉。'复赐酒一石，肉百斤，归遗细君。"东方朔爱妻如此，又坦然直言，把皇帝都感动了，徒不罚，反而再赏。卢储此诗借此典，似也有诙谐"自誉"之意，更多则可见对妻子的疼爱。

长安月夜与友人话故山

赵嘏

宅边秋水浸苔矶，日日持竿去不归。

杨柳风多潮未落，蒹葭霜冷雁初飞。

重嘶匹马吟红叶，却听疏钟忆翠微。

今夜秦关满城月，故人相见一沾衣。

此诗写故人异地相逢且于月下忆说故乡故事之事。就结构而言，"宅边"至"初飞"是忆，"重嘶"至"沾衣"是今。就修辞而言，很有灵气。"杨柳风多"一联很清雅，"重嘶匹马"与"却听疏钟"则一层二意，笔转巧妙。就情感而言，那想当初与看如今比照出的浓浓乡愁令人动容。金圣叹先生批此诗曰："题是长安月下，诗却凭空先追写一故山。我今亦试设身思之：假使果有如此宅、如此水、如此矶，则虽终身持竿，闲闲于其间，受用如此杨柳、如此风、如此潮、如此蒹葭、如此霜、如此雁，真是老大快活也。"读此诗，看金批，受用如此好诗，如此好批，"真是老大快活也"。

金圣叹先生批诗文，总有妙语。如《水浒》里黄泥岗劫生辰纲一节：众人喝了蒙汗药酒，一个个倒地不醒，只杨志喝了半瓢，人虽软瘫在地，可头脑尚清醒，他眼睁睁看着"那七个贩枣子的客人"把车上的枣子倒了一地，装了一车他所押运的珠宝一溜烟跑了，及待酒稍醒，便一骨碌爬起来，自言自语骂了几句，拿了朴刀，挂了腰刀，"周围看时，别无物件，叹了口气，一直下冈子去了"。金先生在此数字后批曰："止有满地枣子，写来绝倒。"原著确实写得令人绝倒，不过金批也批得妙，只此六字，便把杨志彼时的痛悔与绝望写尽，读来令人亦"绝倒"，亦"真是老大快活也"。

金先生批此诗中所用的九个"如此"，也确确掐住了要害。这九个"如此"都是诗中重词，都是含情于景的景语。赵嘏似极善用景语。他另有《西江晚泊》云："茫茫霭霭失西东，柳浦桑村处处同。戍鼓一声帆影尽，水禽飞起夕阳中。"江天入暮，旅舟渐次归岸，烟水迷离的空江与伴着夕照于戍鼓声中飞起并远去的禽影组成的茫茫之境，完美烘托出了旅人寂寥的旅情，此诗亦是"一切景语皆情语"的很好体现。赵嘏似颇善写此类水上风物。另如《南亭》云："孤亭影在乱花中，怅望无人此醉同。听尽暮钟犹独坐，水边襟袖起春风。"水上花乱开，孤亭影绰绰，诗人独坐在此亭中醉赏此春景从早坐赏到晚，"犹"觉意不尽。其"犹"，何止是相对春景而言，分明是在说自己的孤独。又如《江楼感旧》云："独上江楼思渺然，月光如水水如天。同来望月人何处，风景依稀似去年。"夜上高楼，见"月光如水水如天"，可谓水天浑然，空茫无边，此情此景下人焉能不生感触，而诗人又是旧地重来，所以物是人非之感便格外沉切。

据载，杜牧颇称赏赵嘏的《长安晚秋》："云物凄凉拂曙流，汉家宫阙动高秋。残星几点雁横塞，长笛一声人倚楼。紫艳半开篱菊静，红衣落尽渚莲愁。鲈鱼正美不归去，空戴南冠学楚囚。"赵嘏因此得名"赵倚楼"。杜牧则有《题宣州开元寺水阁阁下宛溪夹溪居人》云："六朝文物草连空，天淡云闲今古同。鸟去鸟来山色里，人歌人哭水声中。深秋帘幕千家雨，落日楼台一笛风。惆怅无日见范蠡，参差烟树五湖东。"此二诗情调略似，赵诗是因感晚秋而怀故园而生愁，杜诗是因睹眼前景而思人事变易而生愁。然就夕色中那"笛"之含蓄力来讲，杜诗似小胜一筹。

夜雨寄北

李商隐

君问归期未有期，巴山夜雨涨秋池。

何当共剪西窗烛，却话巴山夜雨时。

　　《红楼梦》里的林黛玉不喜李商隐的诗，只爱其中一句"留得残（枯）荷听雨声"。想来，是喜那雨打残荷的意境。那意境，凄凄清清，十分契合她那淡淡忧伤的性子。其实，李商隐的诗很多都不错。比如"客散酒醒深夜后，更持红烛赏残花"，意境并不逊"留得"一句。又如"炉烟消尽寒灯晦，童子开门雪满松"，也很不错。再如这首《夜雨寄北》。

　　此诗不唯意境好，情思上则更胜如上几筹：夜雨如泣，羁旅独立窗前，遥念，思归。从意境上说，感觉用两个词形容最熨帖——湿湿，凉凉。从情思上论，则是羁情愁苦，思情缠绵。"君问归期未有期，巴山夜雨涨秋池。"——你问何时回去，我亦不知何时。秋雨滂沱，无限阻延着归期。诗以"君问"开笔，意即两地相思。"君问归期"与"未有期"一问一答，则为这相思推波助澜。"巴山夜雨"是"未有期"之因。一个"涨"字，可见羁情之愁苦。"何当共剪西窗烛，却话巴山夜雨时。"——等什么时候回去了，与君秉烛夜话，再与君说说此时巴山夜雨的滂沱及此滂沱夜雨里我对你如夜雨般滂沱的想念。"何当"，是盼望；"却话"，是憧憬。依此末句，见出思情之缠绵。

有人说，此诗是李商隐寓居四川时写给妻子的，所以写的是男女之情。也有人说，李商隐寓居四川时，其妻已故，诗有可能是写给亲友的，所以写的是兄弟或朋友之情。

李商隐笔下有不少写蜡烛的诗句。如"风车雨马不持去，蜡烛啼红怨天曙"，如"蜡照半笼金翡翠，麝熏微度绣芙蓉"，如"隔座送钩春酒暖，分曹射覆蜡灯红"，如"春蚕到死丝方尽，蜡炬成灰泪始干"，等等。这些"烛"皆涉男女之情，所以这首诗中的"西窗烛"例外的可能很小。另就"共剪"而言，亦可说明是写男女之情。过去年代点过蜡烛的人大概知道，蜡烛初燃，光很亮，时间一久，就暗了，且烛芯会焦结成一个小黑球，烟气因此也会变大，这时就需用剪刀将小黑球剪掉，烟气才会小，光也才能再亮起来。剪烛芯是件很普通却很巧妙的事，剪不得当，就会把蜡烛剪灭。这件事一般都是家里的妇女来做，男人们笨手笨脚做不来。且李商隐用了一个"共剪"。试想，若是两兄弟或友人来"共"此事，会不会觉得有些不伦不类。反之，若是一对情侣或眷属来"共"，那就温馨浪漫许多。所以，"何当"一联写男女之情，最有情致；写别的，则是退而求其次。

李商隐向来是个有情致的人。非如此，就不会有"留得枯荷听雨声""更持红烛赏残花"这些句子了。他写男女之情更可谓圣手。《锦瑟》一首，已成男女之情的绝唱，自不必说。另如"相见时难别亦难，东风无力百花残""身无彩凤双飞翼，心有灵犀一点通""春心莫共花争发，一寸相思一寸灰"，句句读来，句句迷煞人。

无题

李商隐

相见时难别亦难，东风无力百花残。

春蚕到死丝方尽，蜡炬成灰泪始干。

晓镜但愁云鬓改，夜吟应觉月光寒。

蓬山此去无多路，青鸟殷勤为探看。

李商隐写男女爱情一绝，其中离情又拔头筹，这首《无题》则最是销魂。

"相见时难别亦难"一句，可谓婉转有致，又缠绵不尽。此句既说相见难，更说别离难，恰因相见不易，才更觉别离不舍。文学是生活的凝练，像蚕食桑叶而后吐丝一样。一天二十四小时腻在一起、一年见三百六十五回面的情侣怕是很难体会这句中滋味。唯有亲尝过相见不易与别离不舍的人方能成就这样的句子。"东风"一句，历来解诗者多认为是上句的承接，意思是别离之时适值百花残败的暮春。其实，此句与上句该是并列关系，意思是别离令人伤感无奈，春逝亦令人伤感无奈，二者都是人力不可为的事。且有了"东风"这句，上句中的"别亦难"就愈显黯然。"春蚕""蜡炬"一联，拟喻称绝，明白如话。前几年有首非常流行的摇滚歌这样唱："死了都要爱，不淋漓尽致不痛快"，或可见此句精髓。往下"晓镜"见华发，"夜吟"觉月寒，则都是别离闹得，是"衣带渐宽终不悔，为伊消得人憔悴"，是"想亲亲想得手腕腕软，拿起个筷子端不起个碗"。说得更明白点，就是相思苦深，昼不得安，夜不能眠，不过是李商隐将其写得雅致一点。"蓬山""青鸟"，是两个关于仙人的典故。此句大概意思是说，自此分别，爱情间阻，仿若天地，思念遥苦，无法转圜，双手合十，祈借神力。

生离，死别，人生至痛也。

回看这首诗，全篇便以生离为主旨，首联以离别之难展开，用春逝不可留比照出离别的无奈。颔联则用两个妙喻写出离人间的钟情与忠贞。颈联指向具体，描述了离人各自因别离苦思而自我磨损。尾联发愿，将离情推抵至看似是希望、实则是无望的境地。

读罢此诗，人朦朦胧胧间觉得，李商隐情痴，爱上了不该爱的人。

李商隐写了很多类此的《无题》诗，都写得朦朦胧胧，像谜一样。可越是像谜，人越是着迷。这些《无题》诗中的主角到底是谁？李商隐爱上的人到底又是谁？好多人掘析出好多人。有人说，他爱上了一个叫柳枝的女子；也有人说，他爱上一个叫荷花的女子；还有人说，他爱上一个叫锦瑟的女子。有人说，他爱上的是邻家女；有人又说，他爱上的是女道士；有人还说，他爱上的是大唐公主；等等。其实，李商隐到底爱上的是谁，不重要。重要的，是他诗中所表达出的那种两心相悦又爱而不得的渴慕与绵情令人动容。

南北朝有民歌唱："春蚕不应老，昼夜常怀丝。何惜微躯尽，缠绵自有时。"此大约是"春蚕"句之本。

访友人不遇

李咸用

出门无至友，动即到君家。

空掩一庭竹，去看何寺花。

短僮应捧杖，稚女学擎茶。

吟罢留题处，苔阶日影斜。

　　此诗题为《访友人不遇》，可知是怅然之作。但也是温暖之作。诗人去访友，友虽不在，他却似归人一样，在友家吃茶，赏竹，吟诗，题句，独自盘桓到"日影斜"，方才离开。

　　《唐才子传》载：李咸用"习儒业，久不第，曾应辟为推官。因唐末乱离，仕途不达，遂寓居庐山等地"。推官，在唐代大约等同于节度观察使、团练使的属官或幕僚。依此可知，李咸用非得意之人，而越是这般下潦不达者，对人情世故大约才感受越真，看得也才越清。他另有《论交》云："行亏何必富，节在不妨贫。易得笑言友，难逢终始人……"又有《古意论交》云："择友如淘金，沙尽不得宝。结交如乾银，产竭不成道。我生四十年，相识苦草草。多为势利朋，少有岁寒操……"依此似可推思，其《访友人不遇》中的友人，想必非"言笑友""势力朋"之类，若非如此，他也不会"动即到君家"，也不会笃定友人"去看何寺花"，更不会在友人不在家时一个人独自待到日暮方归。

人生难得"动即到君家"这样的"至友"。

读此诗，想起汪曾祺和他的好友朱德熙。汪先生和朱先生是西南联大的同学，又都是淡泊名利者，所以一直交好。两人可谓"动即到君家"，时不时聚在一起喝小酒聊大天儿。有一回，汪先生失恋了，到了痛不欲生的地步，朱先生用一瓶好酒轻松将他的失恋病治愈。还有一回，汪先生去看朱先生，朱先生不在，汪先生见客厅酒柜里有瓶好酒，就叫朱先生的儿子上街买来两串铁麻雀，自己打开酒瓶，又拿了本书，边看边喝边等。酒喝了一半也不见朱先生回来。最后只能将剩余的半瓶留给他，自己怏怏地回去。想那归去的背影，多像诗中"吟罢留题处"的李咸用。不过，汪曾祺是个可爱的老头儿，他到朱先生家又吃又喝，反倒写文章告诉别人说："如果你来访我，我不在，请和我门外的花坐一会儿。它们很温暖，我注视它们很多很多日子了。它们开得不茂盛，想起来什么说什么，没有话说时，尽管长着碧叶……"后来，朱先生病逝，汪先生闻讯，独自躲在书房作画以祭亡魂，一边画一边大哭，"泪流满目，不能自持"，嘴里还叨叨着："我这辈子就这一个朋友啊！"

人这一辈子有一个这样的朋友就足够了。

李咸用的生平资料文献中少见，翻检他存世不多的那些诗，

可知与同时代的修睦上人、楚琼上人、玄泰上人等皆有交谊，也常有唱和之作。他诗中最多见的是"友生"，以此为题的就有《寄友生》《秋日与友生言别》《冬夕喜友生至》《同友生春夜闻雨》等十首之多。有首《题友生丛竹》，讲到了"友生"宅中植有竹。有首《览友生古风》，更是将自己与"友生"拟为子期与伯牙。如此猜想，此"友生"未必是同一个人，也有可能是同一个人，但愿就是他《访友人不遇》中的那位。

送杜少府之任蜀州

王勃

城阙辅三秦，风烟望五津。
与君离别意，同是宦游人。
海内存知己，天涯若比邻。
无为在歧路，儿女共沾巾。

王勃是"初唐四杰"之冠，此诗乃其代表作，历代选本都选，诗话也避不开，好坏皆已道尽。

诗词学者叶嘉莹先生曾讲，文学的美妙有时不在于你说的是什么，而在于你怎么去说，说出来的风格是怎样，美不美，有没有感发性，也就是所谓的艺术性。又说，王勃的诗在艺术性方面就表现得非常好，比如这首诗，"城阙辅三秦，风烟望五津"一句，诗人借"三秦"指长安，借"五津"指四川，又有典故，又有出处，语汇丰富不说，显得也很文雅，从感觉上来说，"城阙"一句提高了，"风烟"一句又推远了，如此整诗读起来就有一种开阔博大的气象。依此引导琢磨王勃的诗，确耐含咀，尤其是送别诗。如《秋江送别》中两句："早是他乡值早秋，江亭明月带江流。"如《江亭夜月送别》中两句："江送巴南水，山横塞北云。"好像话语真的很别致，意境也不凡。另如《别薛华》云："送送多穷路，遑遑独问津。悲凉千里道，凄断百年身。心事同漂泊，生涯共苦辛。无论去与住，俱是梦中人。"《送卢主簿》云："穷途非所恨，虚室自相依。城阙居年满，琴樽俗事稀。开襟方未已，分袂忽多违。东岩富松竹，岁暮幸同归。"《白下驿饯唐少府》云："下驿穷交日，昌亭旅食年。相知何用早，怀抱即依然。浦楼低晚照，乡路隔风烟。去去如何道，长安在日边。"三首皆不掩胸臆，气象开阔，无悲酸忸怩态。

王勃确实很有才，可惜二十九岁就死了。

王勃另有《早春野望》云："江旷春潮白，山长晓岫青。他乡临眺极，花柳映边亭。""江旷""山长"扣题"野望"；"春潮白""晓岫青"托出"早春"；春潮泛白，犹带寒气，晓山星绿，则见春天隐约而来。真是好诗。《山中》云："长江悲已滞，万里念将归。况属高风晚，山山黄叶飞。""已滞""万里"皆言念归之切；"况属"二句是借时节之凉晚为念归之情推波助澜；"山山黄叶飞"，言"飞"，不言"落"，那个急，那个乱，可谓将俗话所说"秋风凉，想亲娘"的思乡思亲之情推至巅峰，亦是好诗。

送孟六归襄阳

王维

杜门不复出，久与世情疏。

以此为良策，劝君归旧庐。

醉歌田舍酒，笑读古人书。

好是一生事，无劳献子虚。

　　王维、孟浩然是山水田园诗中的"王孟"，二人也是生活中的朋友。唐开元十七年（七二九），赴京应试的孟浩然落第后在京中盘桓了一年多，四处献诗献赋求仕无果，最终只得离京归乡。临别，他给王维写了首诗，诗中很落寞地说，自己客居京都日久，整天奔走求仕却总无功而返，当权得势者无人肯提拔，能赏识自己的知音也稀少难觅，所以想回归乡里，关起门来守着寂寞过生活。王维收到他的诗后，回了上面这诗。诗写得语重心长。他说，我闭门不出日久，与世俗人情亦渐疏离，自觉这是很好的处世之道，所以也想劝你，再莫四处献诗献赋了，早些回到老家田舍去，喝喝小酒，唱唱小曲，看看古人的闲书，那是多好的生活。

此诗既是劝人，亦是劝己。

王维是世家出身，自小聪慧，能文善绘，二十岁上下就名噪一时，素常与之往来者，非王孙，即贵胄，人生的初起之路，可谓顺风顺水。状元及第入仕后不久，却因太乐署中伶人舞黄狮子一事犯忌受累，被贬为济州司仓参军。这是他仕途上的初次失意。接下去不过四年光景，又被外放淇上（外官的俸禄薄不说，社会地位亦不及京官）。王维给孟浩然写此诗时，恰于淇上请辞返京赋闲在家。"杜门"一联，讲的就是自己的经历，他是用自己的心得体会规劝孟浩然。清代黄生在《唐诗矩》里解读："劝人归休，非真正知心之友不肯作此语。盖王已饱谙宦情，孟犹未沾一命，故因其归赠以此诗。"

古代文人干谒是常事，不过常人献诗献赋献个一次两次也就罢了，孟浩然却前后献了许多回，将自己放到了低到不能再低之地，且他并非没有过机会，据说他曾得宰相张说引荐面圣，玄宗令其吟诗，他却颤巍巍诵什么"北阙休上书，南山归敝庐。不才明主弃，多病故人疏"。这事不知是真是假。不过，真假也关系不大，因玄宗多少也算是个知人善用的开明之主，岂能不知其才堪用与否。那些与这些，孟浩然也许深陷其中而不自知，王维劝他"归旧庐"，实是一片"知心之友"心肠。不过，若说此时王维"已饱谙宦情"，还为时有些早。因为王维在劝孟浩然"无劳献子虚"不久，也就是他赋闲在家三四年后，便也给时任中书令的张九龄献了"子虚"——《上张令公》，请求汲引。他在得荐后写的感谢诗中称誉张九龄"动为苍生谋"，并表达了"可为帐下否"的意向。所以说，彼时王维的仕宦之心仍炙，他写诗说服与安慰孟浩然，何尝不是自我说服与安慰。倒是后来，他因张九龄引荐得官，不久又因张九龄遭人排挤贬官而贬官，在监察御史、节度判官、殿中御史等官位上周折了几遭后，才置别业于蓝田山麓，正经开始了亦官亦隐的生涯。

幽居别业时，他的贵族好友裴迪有次托人办事未果而同他发牢骚，他便作《酌酒与裴迪》一诗相劝道："酌酒与君君自宽，人情翻覆似波澜。白首相知犹按剑，朱门先达笑弹冠。草色全经细雨湿，花枝欲动春风寒。世事浮云何足问，不如高卧且加餐。"这时的王维，或者说从此始直至"安史之乱"历经死生后的王维，才真成了"我心素已闲"的王维，成了"独坐幽篁里，弹琴复长啸"的王维，成了"行到水穷处，坐看云起时"的王维，也才是"饱谙宦情"而心归山林的王维。

崔九弟欲往南山马上口号与别

王维

城隅一分手，几日还相见。
山中有桂花，莫待花如霰。

这哪里像诗，就是临别时送行者对行者招着手喊的话，是不舍别离又期待再见的话。这话自肺腑迸出，未及修饰，心里原是怎样想的，就怎样说了。此等所谓的"口号"，最能见人的性情。"山中有桂花，莫待花如霰。"他不说有新酒，不说有好茶，单说有桂花，可见王维是多有情致的一个人，崔九大约亦是一样的人，若非心性相类者，亦不会有"几日还相见"这样不舍分别的感情。

崔九名崔兴宗，是王维的内弟。王维诗集中有好几首写给崔九的诗。如《送崔兴宗》云："已恨亲皆远，谁怜友复稀。君王未西顾，游宦尽东归。塞阔山河净，天长云树微。方同菊花节，相待洛阳扉。"此诗作于开元二十二年（七三四），当时王维闲居长安，崔兴宗往洛阳游宦。王维的诗很少见这般深情的，既恨亲友疏，又语期再会。可见他与崔兴宗关系亲密。崔兴宗同王维一样，也有隐居终南山的经历。有一次，王维同卢象过访崔兴宗隐居的林亭，曾作《与卢员外象过崔处士兴宗林亭》，崔兴宗唱和一首《酬王摩诘卢象过林亭》云："穷巷空林常闭关，悠悠独卧对前山。今朝忽枉稽生驾，倒屣开门遥解颜。"就此诗情致，可见崔兴宗风致。想那"山中"的"桂花"，确实值当与他同赏。

王维另有《送崔九兴宗游蜀》云："送君从此去，转觉故人稀。徒御犹回首，田园方掩扉。出门当旅食，中路授寒衣。江汉风流地，游人何岁归。"这首也是相送的诗，话却说得不似口号诗那般简洁，而是琐琐碎碎一堆，可愈琐碎愈见得他的关心之切，依恋不舍之情也愈深。此诗作于唐乾元元年（七五八），彼时王维五十七岁，离离世仅存三年光景。崔九游蜀前，王维似还给他画了幅像，大概边画边忆起了从前的一些人事，心情颇不宁静，遂于画上题诗云："画君年少时，如今君已老。今时新识人，知君旧时好。"此诗别看简短，读来亦极为情切，尤"知君旧时好"五字，所含故事甚多。

韦应物《再游西郊渡》云："水曲一追游，游人重怀恋。婵娟昨夜月，还向波中见。惊禽栖不定，流芳寒未遍。携手更何时，伫看花似霰。""携手"时便已见"花似霰"了，此诗从不舍分别的情感上理解，似比王维的诗更深切。欧阳修《玉楼春》云："春山敛黛低歌扇。暂解吴钩登祖宴。画楼钟动已魂销。何况马嘶芳草岸。　青门柳色随人远。望欲断时肠已断。洛阳春色待君来，莫到落花飞似霰。"此词可谓完美化用了王维的诗。

送元二使安西

王维

渭城朝雨浥轻尘，客舍青青柳色新。
劝君更尽一杯酒，西出阳关无故人。

　　此诗又题《渭城曲》，是古来送别诗中的绝唱。这也是首很感伤的诗，尽管诗中有朝雨，有青柳，还有酒。有学者说，诗中所谓"更尽一杯"酒，自然不止一杯，想来大约是一杯又一杯，而所谓"尽"，其实便是无尽，有韦庄笔下"珍重主人心，酒深情更深"的意思，而所谓阳关之外"无"故人，亦正是指关内有故人，此故人即诗人自指。总之，此诗文思反复，不可辨识，所以不流于巧而只觉浑厚。此诗诸般之好，几被世人论尽，再不必说。

　　基于对此诗的喜欢，时人为其配以固定的曲调，每以三叠歌之，且宴送必唱此曲，后来成了经久不衰的送别歌曲，据闻甚至传唱到了高丽、日本等地。历代亦不乏诗人借此曲抒情，如白居易有诗云："相逢且莫推辞醉，听唱阳关第四声。"刘禹锡有诗云："旧人唯有何戡在，更与殷勤唱渭城。"陆游有诗云："玉关去路心如铁，把酒何妨听渭城。"等等。

最初记住此诗，是在中学的课堂上。当时教语文的老师姓温，是个三十几岁的男人，戴副黑框近视镜，衣着不甚讲究，头发也总是油腻腻着，前发微微长，向后拢成偏分，爱抿着嘴笑，总体气质文绉绉的。温老师的课讲得很不错，方式亦时有新意，比如每周一晨会时间会令同学们群体站立各自高声朗读自己的"周记"，此法逼就同学们养成用笔记录事物的习惯；比如偶尔会令某个同学当"老师"上讲台给其他同学"讲课"，此法又逐渐锻炼了同学们的心理素质。讲王维这首诗时，老师是唱授。那日，他似午间喝了点酒，脸颊微微泛红，课上也不写板书，一手执课本，一手打着拍子，在课桌与课桌的走道间来回踱着步，儒雅的男声由一个"渭城"破开，急缓有致地回荡来去，令教室里一下子安静下来，待唱至末句时，老师的声音明显有些滞重，打拍子的手也在空中一时顿住了。也就是从那一刻起，便深深记住了这首诗，而老师唱授的风采，至今思来，犹在眼前。

送魏二

王昌龄

醉别江楼橘柚香，江风引雨入舟凉。

忆君遥在潇湘月，愁听清猿梦里长。

王昌龄是盛唐的"七绝圣手"，其七绝中边塞诗写得最好，时而雄劲如"黄沙百战穿金甲，不破楼兰终不还"，时而深沉如"人依远戍须看火，马踏深山不见踪"。他的宫情闺怨诗写得也好。如"熏笼玉枕无颜色，卧听南宫清漏长"，如"忽见陌头杨柳色，悔教夫婿觅封侯"，皆语凝练而情凄婉。另外，王昌龄爱交友，一生又数次遭贬谪，所以行旅送别诗写得也多，也写得不错。如"别馆萧条风雨寒，扁舟月色渡江看。酒酣不识关西道，却望春江云尚残"，"寒江绿水楚云深，莫道离忧迁远心。晓夕双帆归鄂渚，愁将孤月梦中寻"。这一别一送二诗，氛围冷瑟，情怀感伤。

王昌龄有个朋友叫魏二，此诗就是他与魏二分别时写的。读来也很冷瑟，情怀也很感伤，且冷瑟与感伤中暗藏着无限缠绵。诗的首句点题，并交代了送别的时节与地点，以"醉"以"香"

营造出一种氤氲不舍的气氛。接以"江风引雨"引来了冷瑟，冷瑟"入"舟，亦"入"体，这般的侵入，愈加诱发了离别的感伤。最耐琢磨的是"忆君"一联，以送者的遥想，既况出别者独自远行的凄景，又反衬出送者欲罢不能且揪剪不断的离绪，其中的缠绵意味，似那"忆"中的江月与猿啼，清冷哀转，久长不绝。

以"忆"言"思"的写法古诗中常见。如韦应物《送王卿》云："别酌春林啼鸟稀，双旌背日晚风吹。却忆回来花已尽，东郊立马望城池。"此是以怅望友人离去时怀想友人归来时的情形委婉地状出恋恋别情，其中况味，不减《送魏二》。

写《送魏二》时，王昌龄五十多岁，身在贬地龙标县。唐朝时，龙标是个极偏僻之地。当初，李白听说他被贬此地时还写了首《闻王昌龄左迁龙标遥有此寄》："杨花落尽子规啼，闻道龙标过五溪。我寄愁心与明月，随君直到夜郎西。"李白在诗中热辣辣地说，要把自己的一颗愁心托付给明月，一路相随王昌龄往谪地去。这话听来，亦甚缠绵。不过，李白写给王昌龄诗中的缠绵，感觉是张扬的；王昌龄写给魏二诗中的缠绵，却是悠扬的。明代王世贞曾说，在七绝上，王昌龄与李白"争胜毫厘，俱是神品"。不过，依此二诗，可见出两个人诗风上的有别与性情上的不同。

王昌龄早年家境贫苦，三十岁左右才中进士，后仕途一直不得意，大多时候都在外任很小的官。被贬龙标前，还曾被贬岭南。在龙标县谪居七八年后，"安史之乱"爆发，他在离开龙标还乡途中，被奸人"所忌而杀"。

金乡送韦八之西京

李白

客自长安来，还归长安去。
狂风吹我心，西挂咸阳树。
此情不可道，此别何时遇。
望望不见君，连山起烟雾。

　　李白的朋友多，送别诗也多。李白的送别诗，很多写得都不错，如《送友人》，如《黄鹤楼送孟浩然之广陵》，又如此诗。此诗写于唐天宝八年（七四九），彼时李白四十九岁，已是历经过上下起伏之人。题中"金乡"即山东金乡县。李白去朝后，游居此处。从起首"客自"一联看，是李白在游居地遇到了从京城来的朋友韦八（或是友人专程去看望他也未可知），或因公差，或因私事，小住了一段时间，友人要回去了，遂来相送。

　　古诗是讲究文字密度与弹性的文学，一般忌用重复字词。此诗首联"长安"一词重复使用，感觉却极自然、平和，大有信手拈来之趣。也就是这拈来之趣，叫读诗的人在毫无心理准备与预知下，接联突来"狂风"二句，令人情绪一下跟着激动起来，有如履平地而陡然崖畔之感。"狂风"二句是暗含颇多的句子，其中有乱感，有冷感，有不安感；既含惜别情，又含牵念情，也含期盼情，还含其他一些说不清道不明之情，而第三联，即对这些个情给了强调与说明。张九龄《通化门外送别》云："屡别容华改，长愁意绪微。义将私爱隔，情与故人归。薄宦无时赏，劳生有事机。离魂今夕梦，先绕旧林飞。"李白的"我心"与此"离魂"有一比。总之，"狂风"二句是至平易至新奇的句子，古来人多赞叹及拜服。这两句虽好，然于感情而言终究还是有空大之嫌，再好也好不过煞尾一联。煞尾"望望"二句，好在舒缓中有疾彻，绵绵中有急切。"望望"，一个有点似口语的叠词，所容却胜过万语千言。有人说，"连山起烟雾"一句化自鲍照《吴兴黄浦亭庚中郎别》中的"连山眇烟雾，长波迥难依"。似不确然。就句式而言，更像是将何逊《慈姥矶》中"……野岸平沙合，连山远雾浮。客悲不自已，江上望归舟"几句糅杂提炼而成；就意思来讲，则似《诗经》"瞻望弗及，泣涕如雨"。总之，此句是不言而言句，诗人内中所涌之别情全藏在此句中，也全泄于此句中。若将此句直译成"看看你的身影走远了，群山弥漫起了烟雾"，那就忒浅了，有糟蹋之嫌。试想，人之情至极处，大约任谁都禁不住会"连山起烟雾"，放逸如李白者，自亦不能例外。

古人的送别诗很多，似皆好不过李白"望望"一联。刘长卿有诗"望君烟水阔，挥手泪沾巾。飞鸟没何处，青山空向人"，好虽好，然一个"挥手泪沾巾"，把话说得太白了；又有"猿啼客散暮江头，人自伤心水自流。同作逐臣君更远，青山万里一孤舟"，还是太白。岑参有诗"轮台东门送君去，去时雪满天山路。山回路转不见君，雪上空留马行处"，倒颇有余味；许浑有诗"劳歌一曲解行舟，红叶青山水急流。日暮酒醒人已远，满天风雨下西楼"，亦耐琢磨。不过，岑、许二诗与李白的"挥手自兹去，萧萧班马鸣""孤帆远影碧空尽，唯见长江天际流"尚可一敌，就情味来讲，终逊"望望"一联。"望望"一联，含而有现，深婉耐寻，是情之极境，也是作文之大境。

闻王昌龄左迁龙标遥有此寄

李白

杨花落尽子规啼，闻道龙标过五溪。
我寄愁心与明月，随风直到夜郎西。

李白的诗文与情怀，或豪放，或浪漫，似一离不开酒，二离不开月。"长留一片月，挂在东溪松""客散青天月，山空碧水流""暮从碧山下，山月随人归""登舟望秋月，空忆谢将军""举杯邀明月，对饮成三人""举头望明月，低头思故乡"，等等。在这首《闻王昌龄左迁龙标遥有此寄》中，李白干脆遣明月为信使，为其传情达意。且听他道：暮春时分，忽闻你贬官的消息，我的一颗愁心啊，纷纷如杨花飞且落，凄凄如杜鹃声声啼。我把这颗愁心拜托给明月，差它随风西行，一路相陪，直抵你将要被贬往的地方。

这诗里有两个词颇有意思。一是"五溪"。关于"五溪"，争议很多，有说是此五个溪，有说是彼五个溪。其实，究竟该是哪五个并不重要，李白的这个"五溪"，意在表达友人贬官所往的路途周折与遥远。李白作诗，极擅用数字。如以"白发三千丈"说忧愁，以"会须一饮三百杯"说畅快，用"一叫一回肠一断"说乡愁，用"一杯一杯复一杯"说尽兴……无一不拟喻独到，语感优美。作家刀尔登曾说，整个古代的才人中，论起语感之好，文或是司马迁，诗一定是李白。又说，那些精确而有色彩的词，在旁人或凭运气，或反复推敲而至的，在他只需一招手之力，好像那都是他的奴仆，一直服侍在旁边。想来也是，不过几个干嗖嗖的数字，他都能运用自如，花样翻出，别个自不用多说了。所以，普通读者实在没必要纠结"五溪"的具体方位所在，只将其视作李白的独到手法即可。另外，"愁心"一词也耐琢磨。李白的这颗"愁心"，并非是悲苦愁怨之愁，而是理解、难过、担忧、牵念，甚至还有想与友人举杯对饮相互慰藉的意味。"愁心"里无愁苦悲怨，"我寄愁心"里，倒多的是天真，也多情。

李白的这颗心，太多情，也太易激动，动辄飞出胸腔。四十八岁那年，他东游齐鲁，遇到友人韦八回长安，于是也写了首诗送别："客自长安来，还归长安去。狂风吹我心，西挂咸阳树。此情不可道，此别何时遇。望望不见君，连山起烟雾。"可见，每有友人远行或离开，他的这颗心就都会"蹦"出来跟着走一遭。陪王昌龄到龙标的那颗心，好歹托付给了明月，好像还较为妥帖一些。陪韦八回长安的这颗心，就可怜许多了，被狂风一路卷袭不说，还高高挂在咸阳城外的树上。想来，非是李白这颗豪放、浪漫、别出心裁的心，旁人的心怕是吹也吹不动，挂也挂不得的。李白的这颗心，也很忙，前脚托付给"明月"追逐王昌龄去了，不久另一位友人刘十六又要归隐山中，此回他只能借"白云"达意了："楚山秦山皆白云，白云处处长随君。长随君，君入楚山里，云亦随君渡湘水。湘水上，女萝衣，白云堪卧君早归。"诗从白云始，以白云终，叫人诵读间似觉亦腾在一朵云上，攀山渡水，做神仙状。

月也好，云也罢，一入李白笔下，皆有了人情。

月、云之外，日在李白笔下亦生辉。"日出布谷啼，田家拥锄犁""佳人当窗弄白日，弦将手语弹鸣筝""日照新妆水底明，风飘香袖空中举""东方日出啼早鸦，城门人开扫落花""昨梦江花照江日，几枝正发东窗前""长安白日照春空，绿杨结烟垂袅风"，等等。李白写"日"，最好一篇当数《望庐山瀑布》："日照香炉生紫烟，遥看瀑布挂前川。飞流直下三千尺，疑是银河落九天。"一个"照"一个"生"将一座冷冰冰的庐山生生活化。

送裴侍御归上都

张谓

楚地劳行役，秦城罢鼓鼙。
舟移洞庭岸，路出武陵溪。
江月随人影，山花趁马蹄。
离魂将别梦，先已到关西。

张谓是唐朝河内人，玄宗时期进士，代宗时期官迁礼部侍郎。《全唐诗》存诗一卷。人皆谓其诗有李杜遗风，可惜多着笔俗事人情，所以不甚受人瞩目。就此诗而言，也可谓送别诗中的佳品。

此诗之好，主要在结构。整诗以"舟移"为线，以上一联写别者来去之由，以下一联写别者未来的旅途，上下相互承接，严丝合缝。末二句则很自然地坦呈己心，写出别情。就别情的表达一面论，自"舟移"至"趁马蹄"数句，本是送者替别者设想的旅程，然经"离魂"二语一转，就变成送者之"魂""梦"相随别者而去的旅程，这个写法很巧妙，把那种不舍的心意写得很动人。不过，仔细回味去，就中似有李白的影子。"江月随人影"一句明显与李白"山月随人归"同个模子，而"离魂"一联则与李白"狂风吹我心，西挂咸阳树"的心思类同。

"山花趁马蹄"一句别致。"山花"呼应上面的"武陵"；"马蹄"则写出陆上行程。"趁"，若只解作"追逐"，那是笨伯。这个字更多包含的是相随、相伴与相送，是宋人笔下"山花也解怜行客，旋放繁英衬马蹄"之意。当然，亦是送者希望行者旅行美好的心意。这层意思不可忽略。

清代叶映榴有《榆次道中》云："路出榆关西复西，荒原白草怪禽啼。经行百里无人迹，唯有秋风送马蹄。"有学者认为，"送马蹄"之"送"字用得不稳，或可易作"伴""迎""碍""惜"字，则既暗寓苦旅之意，亦较切于事理。其实，此"送"所送者，并非马蹄，而是马蹄之声。试想，在百里荒原上，在秋风枯草间，陪伴旅人的除了偶尔几声怪禽的怪叫，剩下就只有单调的马蹄声了，诗人想要表达的情感，全在此一"送"字上，若换成以上任意一字，就写不出这层意思了。

谢亭送别

许浑

劳歌一曲解行舟，红叶青山水急流。

日暮酒醒人已远，满天风雨下西楼。

　　古送别诗中除了李白的《金乡送韦八之西京》外，许浑这诗也惹人喜欢。此诗之妙，在克制，在含情于景。首联首句言歌罢"解行舟"，接句言江水"急流"，唯不言惜别，而惜别之情自明。二联起句就已"日暮"，那么歌罢"解行舟"到"日暮"这段时间里就有故事了。送别者大约让别情弄得心绪不佳，故而别宴小酌便沉醉不醒。或者，与其说是沉醉于酒，毋宁说是沉醉于别情。总之，一醉不醒久矣。及待醒来，就已"日暮"，行舟早乘急流而去，"人已远"了。此时，送别者又是怎样一番情状？诗面上却不说，而只道"满天风雨"，只道"满天风雨下西楼"，如此，一切便皆在其中了。

　　有词家说："昔人论诗，有景语情语之别，不知一切景语皆情语也。"许浑的诗读多了，便会觉得他就是将景语用得烂熟之人。另如《韶州驿楼宴罢》云：“檐外千帆背夕阳，归心杳杳发苍苍。岭猿群宿夜山静，沙鸟独飞秋水凉。露堕桂花棋局湿，风吹荷叶酒瓶香。主人不醉下楼去，月在南轩更漏长。”这首诗是讲旅途滞留而客居驿站的事。金性尧先生曾解曰：三四句中的“山静”、猿宿、“水凉”、鸟飞，“虽写楼头现景，然物各欲得其所，盖心之杳杳，发之苍苍，尽此十四字中矣”。再来看末句“月在南轩更漏长”，更是将客居驿楼的心，一语道尽。又如《咸阳城西门晚眺》云：“一上高城万里愁，蒹葭杨柳似汀洲。溪云初起日沉阁，山雨欲来风满楼。鸟下绿芜秦苑夕，蝉鸣黄叶汉宫秋。行人莫问当年事，故国东来渭水流（一作‘渭水寒声昼夜流’）。”这是首凭楼怀远吊古之作。全诗分两个节点，上节以“山雨欲来风满楼”之景状远游思乡之情；下节则以“故国东来渭水流”写百代兴亡、人如过客之叹。这两个“来”句皆有悠悠不竭的言外意。再如《重游练湖怀旧》云：“西风渺渺月连天，同醉兰舟未十年。鹏鸟赋成人已没，嘉鱼诗在世空传。荣枯尽寄浮云外，哀乐犹惊逝水前。日暮长堤更回首，一声蝉续一声蝉。”此诗是旧地重游而怀故友之作。起句由景牵出怀思，中间几联叙事，末句则借景况凄情。想那日暮长堤上，一声一声的，是蝉哭乎？是人哭乎？孰是孰非，作者点到即止，读者自去分辨。

诗文妙就妙在含蓄。诸上诗例中的一些情绪也好，情感也罢，若不借景而达，反直喇喇喊嚷出来，就未免轻薄，未免太煽情。但凡作者，能形成自己的文风即独特面貌是很可贵的，就像禀赋芸芸众生中使人一眼可见且不忘的那种东西，至于什么境啊格啊倒在其次了。回头复诵"日暮酒醒人已远，满天风雨下西楼"，还是觉得好，极好，幽中隐烈，凄中有绵，心绪怅怅，真情绻绻，别有无尽意。

送李端

卢纶

故关衰草遍，离别自堪悲。

路出寒云外，人归暮雪时。

少孤为客早，多难识君迟。

掩泪空相向，风尘何处期。

此诗写送别之情格外真挚，也格外感伤。俞陛云先生论曰："诗为乱离送友，满纸皆激楚之音。前四句言岁寒送别，念征途之迢递，值暮雪之纷飞，不过以平实之笔写之。后半篇沉郁激昂，为作者之特色。五句言孤露余生，少壮即饥驱远役。六句言四方多难，良友如君，相知恨晚。以'迟''早'二字对举，各极其悲辛之致。末谓寒士穷途，差以自慰者，他年之希望耳。乃掩袂相看，风尘满目，并期望而无之，其言愈足悲矣。"俞先生批评，实在道尽此诗之好，之精髓。

卢纶自言"少孤为客早"，他一生过得确实不太顺遂。少时家贫，父早逝。初次举进士，偏遇"安史之乱"，不第。乱平后继续应举，年至四十依然不中。后得人推荐，才出仕，不久便受举荐人政治事件牵累，获罪下狱，好在终得昭雪。再后又任小县令，任军幕判官，后官至检校户部郎中，不久便病逝了。

卢纶因有边塞从军经历，所以一些边塞诗写得不错，有《塞下曲》六首，很著名。他因在"安史之乱"时有逃难经历，所以有些写战乱中士兵、平民及自我生活的诗也很不错。有首《晚次鄂州》云："云开远见汉阳城，犹是孤帆一日程。估客昼眠知浪静，舟人夜语觉潮生。三湘衰鬓逢秋色，万里归心对月明。旧业已随征战尽，更堪江上鼓鼙声。"此诗作于乱平后归乡途上，前面几联写得都很平静，可见乱平后景象，尾联则透露出了一种迷茫痛惜的情感。他又因有屡试不第的经历，所以写落第的诗也不少。有首《落第后归终南别业》云："久为名所误，春尽始归山。落羽羞言命，逢人强破颜。交疏贫病里，身老是非间。不及东溪月，渔翁夜往还。"此诗作于某次落第后归居终南山时。别看是首短诗，真可谓落寞情绪字字可见，寥寥数语写尽酸楚之心。

卢纶一生波折，却颇爱交友，他认识的人多，所以诗中还要数送别酬赠之作最多也最为出色。除《送李端》外，另如《送万巨》云："把酒留君听琴，难堪岁暮离心。霜叶无风自落，秋云不雨空阴。人愁荒村路细，马怯寒溪水深。望断青山独立，更知何处相寻。"此六言诗颇好，结构好，情感也好，干净，朴素，毫不迁延造作。又如《雪谤后逢李叔度》云："相逢空握手，往事不堪思。见少情难尽，愁深语自迟。草生分路处，雨散出山时。强得宽离恨，唯当说后期。"此诗作于他获罪下狱昭雪后，想来

彼时惊魂未定，心境也伤感，所以诗中句句是无声之泣，连与友
人相约的后期，读来也显得那么沉重。再如《送李方东归》云：
"故交三四人，闻别共沾巾。举目是陈事，满城无至亲。身从丧
日病，家自俭年贫。此去何堪远，遗孤在旧邻。"李方东是李端之
弟，彼时好友李端已故，诗人睹其弟而思"陈事"，大约也会不
由想到"少孤为客早，多难识君迟"之种种，笔调自难轻浮，别
情也很挚朴。

竹窗闻风寄苗发司空曙

李益

微风惊暮坐，临牖思悠哉。

开门复动竹，疑是故人来。

时滴枝上露，稍沾阶下苔。

何当一入幌，为拂绿琴埃。

李益是唐大历年间进士，时以七绝负盛名，坊间常把他的诗画成画屏或谱成歌曲，追捧之况颇盛。他早前仕途不得意，曾北游河朔依靠藩镇，有历时十年的军营生活，所以边塞诗写得很好。如"破讷沙头雁正飞，鸊鹈泉上战初归。平明日出东南地，满碛寒光生铁衣""鸿雁新从北地来，闻声一半却飞回。金河戍客肠应断，更在秋风百尺台"都不错。有首很著名的《汴水曲》云："汴水东流无限春，隋家宫阙已成尘。行人莫上长堤望，风起杨花愁杀人。"这显然是"上"过"望"过者之语，借劝诫他人而写出自己怀古悲今、感时叹世之"愁"，笔法很巧妙。这首《竹窗闻风寄苗发司空曙》也很著名，构思也巧妙，情感流露也自然。全篇因风而起，而"惊"，而"临"，而"思"，而"开"，而"动"，而"疑"，而"滴"，而"沾"，而生"入""拂"之想。此"想"又一语双关，既写出念友之心及以期来会的渴望，也借伯牙、子期之典，写出诗人与友人的不凡情志。

张华《情诗》云："清风动帷帘，晨月照幽房。佳人处遐远，兰室无容光。襟怀拥虚景，轻衾覆空床。居欢惜夜促，在戚怨宵长。抚枕独吟叹，绵绵心内伤。"谢朓《怀故人》云："芳洲有杜若，可以赠佳期。望望忽超远，何由见所思。行行未千里，山川已间之。离居方岁月，故人不在兹。清风动帘夜，孤月照窗时。安得同携手，酌酒赋新诗。"南朝乐府民歌《华山畿》云："夜相思，风吹窗帘动，言是所欢来。"这些"风"动"帘"都与思情有关。王维《冬晚对雪忆胡居士家》云："寒更传晓箭，清镜览衰颜。隔牖风惊竹，开门雪满山。洒空深巷静，积素广庭闲。借问袁安舍，翛然尚闭关。"此中"风惊竹"亦有相思意，是妙化诸上"动帘"句而来。李益诗中的"动竹"句，也或是化古诗而来，但更像是对王维诗句的完美理解与妙用。

李益善写情思，闺中情思尤写得好。如《江南曲》云："嫁得瞿塘贾，朝朝误妾期。早知潮有信，嫁与弄潮儿。"《写情》云："水纹珍簟思悠悠，千里佳期一夕休。从此无心爱良夜，任他明月下西楼。"后一首似有所寄，不过只作闺中怨意解，格外情切。李益写得最感人的一首诗是《喜见外弟又言别》："十年离乱后，长大一相逢。问姓惊初见，称名忆旧容。别来沧海事，语罢暮天钟。明日巴陵道，秋山又几重。"宋代范晞文说，"久别倏逢之意，宛然在目，想而味之，情融神会，殆如直述"。此话不错。

赋得古原草送别

白居易

离离原上草，一岁一枯荣。
野火烧不尽，春风吹又生。
远芳侵古道，晴翠接荒城。
又送王孙去，萋萋满别情。

小时候读白居易的"离离原上草，一岁一枯荣。野火烧不尽，春风吹又生"，觉得就是写草的诗，写草的劲，草的生命力，大约记得诗题就是《草》。后来再读，方知是写离别的诗，且诗题是《赋得古原草送别》，其中后四句似比前四句更好："远芳侵古道，晴翠接荒城。又送王孙去，萋萋满别情。"前四句所言，也并非是草，而是由草起兴，感叹古来有离别，今我亦离别的感情。想要体会就中滋味，又必得读罢后四句方可。所以，此诗前四句与后四句似皆可独立成诗，不过连在一起才可谓是首的的确确的好诗。细想去，那"野火烧不尽""春风吹又生"的岂止是草，那"侵古道""接荒城"的又岂止是草，诸般种种，皆是送别者眼中的"萋萋",是依依别情。

《楚辞》中有句:"王孙游兮不归,春草生兮萋萋。岁暮兮不自聊,蟪蛄鸣兮啾啾。"此后"萋萋""春草"等字眼便成了古人笔下惜别、怀思及盼归的寄寓,且随着诗人抒发的感情不同而变化作后来的碧草、芳草、细草等。如王维《山中送别》云:"山中相送罢,日暮掩柴扉。春草明年绿,王孙归不归。"《送沈子福归江东》云:"杨柳渡头行客稀,罟师荡桨向临圻。惟有相思似春色,江南江北送君归。"前一首是盼归,后一首是惜别。如刘长卿《淮上送梁二,恩命追赴上都》云:"贾生年最少,儒行汉庭闻。拜手卷黄纸,回身谢白云。故关无去客,春草独随君。森森长淮水,东西自此分。"此中"春草"意同王维"惟有"句。杨慎《乙酉元日新添馆中喜晴》云:"白日临元岁,玄云放晓晴。城窥冰壑迥,楼射雪峰明。客鲤何时到,宾鸿昨夜惊。离心似芳草,处处逐春生。"此中"逐春生"的"草"则是自比离心,化用角度很别致。诸多涉草诗句,最好还是白居易的"离离原上草",因其跳出了小我,写出了大众情怀。试想,人生聚散苦无常,离情自古是常情。每到春草遍地春色布南北时节,天下总会有不少离人在饱尝着别情,岂是"野火"可以烧得尽的。

唐代张固《幽闲鼓吹》里讲:"白尚书(白居易)应举,初至京,以诗谒顾著作(顾况)。顾睹姓名,熟视白公曰:'米价方贵,居亦弗易。'乃披卷首篇曰:'离离原上草,一岁一枯荣。野火烧不尽,春风吹又生。'即嗟赏曰:'道得个语,居即易矣。'因为之延誉,声名大振。"顾况真是慧眼。

秋夜寄丘二十二员外

韦应物

怀君属秋夜，散步咏凉天。
空山松子落，幽人应未眠。

　　韦应物是个有情人，总有怀人之作，不是怀"山中道士"，就是怀"京师诸弟"。此诗所怀，是一位叫丘丹的隐士。

　　此诗文字极浅显，字数也不多，读来却耐琢磨。诗以"怀君"起笔，又以"秋夜"相继，情致颇雅。"属"，意思是适逢、正值。此字夹在"怀君"与"秋夜"间，似还有种因果关系，即秋夜凉天惹人"怀君"，而"怀君"又令秋夜格外可爱，遂致诗人不寐，故散步庭中。如此论来，明明是诗人"怀君"，偏用一个"属"字，将因由丢在"秋夜"头上，倒很有意思。诗人不寐，散步沉吟间，遥思"君"之所在，此时"应"是山幽、夜静、松子啪嗒啪嗒落。并推想"君"于此空灵之境中，亦"应"未眠。此"未眠"二字中种种，大约也含有"君"亦散步，"君"亦爱此秋夜，"君"亦怀人，而所怀之人也"应"是自己。 如此再论来，诗人明明是自己怀人未眠，偏偏说所怀之人怀己亦未眠；明明是单思，偏偏写成相怀，也很有意思。不过，最有意思的还是这个"应"，此字既可见出诗人的此种"怀"，又可见出诗人的彼种"怀"。此种"怀"，是怀幽人；彼种"怀"，是心向往之，与幽人共幽。此诗的言外意，全在此一字中。

秋夜凉天，确确最令人怀思，而古来"怀君属秋夜"者，又何止韦应物一人。《世说新语·言语》载："刘尹云：'清风朗月，辄思玄度。'"春风腻，夏风炎，冬风冽，所谓"清风"，唯秋夜可得。所以刘尹说，每逢清风朗月的秋夜，他就不由得会想起玄度及其风采。玄度，乃东晋名士许询，此人有才藻，极善清谈，却隐居深山，终身不仕。细思其风格，倒与韦应物所怀的丘丹很相似，亦是位幽人。想来，唯此类清幽者，才配得在秋夜怀思。南宋严羽也有一首秋夜怀人诗《秋夜临汝馆怀友人陈聘君赖竹庄》云："秋声动梧竹，月色满庭芜。此夕怀良友，天涯各一隅。飞飞群过雁，切切未栖乌。安得从君去，扁舟驾五湖。"此诗末句所达之意，可作韦应物"幽人应未眠"的注解。

韦应物似惯以怀丘丹之法怀人。如《寄璨师》云："林院生夜色，西廊上纱灯。时忆长松下，独坐一山僧。"这是写给滁州高僧释恒璨的一首诗，诗中也是写夜色之下怀想恒璨法师在松下打坐的样子借以抒发想念与向往之情。又如《宿永阳寄璨师》云："遥知郡斋夜，冻雪封松竹。时有山僧来，悬灯独自宿。"《怀琅琊深标二释子》云："白云埋大壑，阴崖滴夜泉。应居西石室，月照山苍然。"手法及意境皆类同。

寄李儋元锡

韦应物

去年花里逢君别，今日花开已一年。
世事茫茫难自料，春愁黯黯独成眠。
身多疾病思田里，邑有流亡愧俸钱。
闻道欲来相问讯，西楼望月几回圆。

　　此诗乃寄怀友人律诗中的翘楚之作。题中提及的李儋与元锡皆是韦应物的好友（有说李儋与元锡是同一人）。韦应物的诗集中，很多有关李儋与元锡的诗，如《赠李儋》《将往江淮寄李十九儋》《送李儋》《寄别李儋》《郡中对雨赠元锡兼杨凌》《与幼遐君贶（君贶，元锡的字）兄弟同游自家竹潭》《月溪与幼遐君贶同游》《宴别幼遐与君贶兄弟》《与元锡题琅琊寺》等。看看这些诗题，读读这些诗，再结合本诗中"去年""今日"一联，可知韦应物与此二友唱和频繁且往来不浅，大抵算得上是可交心之友。既是可交心之友，讲起话来也就不用客套，亦无需遮掩与做作，所以才会发对茫茫"世事"的牢骚及黯黯"春愁"的感叹，也才会讲什么"思田里"与"愧俸钱"这样的胸臆之言肺腑之语。或者，恰因此等胸臆言及肺腑语素常不能与人轻言，郁结于内，不吐不快，所以才有"闻道"友人"欲来"，却又久盼不至，因而又是写信"问讯"，又是眼巴巴跑到西楼上一回回地翘首眺望，直望得月亮圆了缺，缺了圆，圆圆缺缺了不知多少番。

试想，有朝一日李儋或元锡果若来访，与诗人执酒相对或促膝灯下，就"世事茫茫""身多疾病"二联所涵，怕是讲上三天五夜也是讲不完讲不够的。反之，倘若二友终不能至，诗人心下则又是一番滋味，或者境遇亦会随之更变。如此，回头再细味，此诗的动情之处，在开笔二语；至味之处，则在结联上，在"西楼望月"的言外……这也是此诗所以妙好的地方。

相比诗中所传达的友谊，古来读者似对"身多疾病思田里，邑有流亡愧俸钱"一语更加赞美不已。有人认为此是"仁者之言"，有人认为中有"恤人之心"，有人则觉得此联"宛然风人《十亩》《伐檀》遗意"。

话说起来，韦应物还真是个很有意思的人。早年豪纵不羁，凭祖荫得一武职，给皇帝当侍卫，安史之乱后，改弦易辙做起了文官，并历任丞、功曹、县令、员外郎、刺史等职，历时三十余年。在此期间，他一会儿出来做官，一会儿又跑到寺里隐居起来，此中真实缘由不得而知，但至少可以感觉出，他似始终纠结于仕与隐间，不能取舍。韦应物的生平史料不全，有关他为官的确切记载更不详尽，所以无法断定他是否果是怀有仁者之心与恤人之心的好官。不过，据其友丘丹所撰《唐故尚书左司郎中苏州刺史京兆韦君墓志铭》载，他最后所任的官职是苏州刺史，罢任后不久就去世了，死后"池雁随丧，州人罢市。素车一乘，旋于逍遥故园。茅宇竹亭，用设灵几"。由此可知，他至少不是个有钱的官。另就其一些诗句如"高居念田里，苦热安可当""自惭居处崇，未睹斯民康"等，可见他至少还是个在自己清闲享乐时尚有一份心肠念及百姓疾苦的官，也算很难得了。台静农论此诗时有一段话说得极好："唐代诗人，大都奔竞官途，能以己之高官厚禄而眷念人民流亡，如应物此等怀抱者，实不多见。"